诗 江 南

沈 苇 著

中国言实出版社

图书在版编目(CIP)数据

诗江南 / 沈苇著 . —— 北京 : 中国言实出版社，
2021.9

ISBN 978-7-5171-3912-6

Ⅰ.①诗… Ⅱ.①沈… Ⅲ.①诗集 – 中国 – 当代
Ⅳ.①I227

中国版本图书馆 CIP 数据核字（2021）第 199210 号

诗江南

出 版 人：王昕朋
责任编辑：肖　彭
责任校对：朱　悦

出版发行：中国言实出版社

地　　址：北京市朝阳区北苑路180号加利大厦5号楼105室
邮　　编：100101
编辑部：北京市海淀区花园路6号院B座6层
邮　　编：100088
电　　话：64924853（总编室）　64924716（发行部）
网　　址：www.zgyscbs.cn　E-mail：zgyscbs@263.net

经　　销：新华书店
印　　刷：北京中科印刷有限公司
版　　次：2021年12月第1版　2023年4月第2次印刷
规　　格：710毫米×1000毫米　1/32　8.375印张
字　　数：266千字

定　　价：58.00元
书　　号：ISBN 978-7-5171-3912-6

《新时代诗库》编委会

沈苇，1965年生于浙江湖州，浙江师范大学中文系毕业，曾在新疆生活工作30年，现居杭州，浙江传媒学院教授。著有诗文集《沈苇诗选》《新疆词典》《正午的诗神》等二十多部。获鲁迅文学奖、华语文学传媒大奖、刘丽安诗歌奖、柔刚诗歌奖、十月文学奖、《诗刊》年度诗歌奖等。多次参加国际诗歌节，作品被译成十多种文字。

Shen Wei, born in Huzhou, Zhejiang Province in 1965, is a professor at Zhejiang Media College, a member of the Poetry Committee of the China Writers Association. Shen graduated from the Department of chinese language and literature of Zhejiang Normal University, lived and worked in Xinjiang Uygur Autonomous Region for 30 years. He is the author of more than 20 poems and essays including *Poems of Shen Wei, Xinjiang Dictionary, The God of Poetry at Noon* , and won Lu Xun Literature Award, Chinese Literature Media Award, Annual Poetry Award of Poetry Periodical, Literature Award of October, etc. Shen participated in international poetry festivals held in South Korea, Poland, Israel, Venezuela and other countries. His literature works have been translated into more than 10 languages.

新 时 代 诗 库

西域归来，重新发现江南

沈 苇

三十年西域生活后，我在 2018 年底回到了江南。游子归来，却如"异乡人"的又一次漂泊、又一次起航。

三十年来，在西与东、水与沙的地舆切换中，我有时称自己是拥有"两个故乡"的人，但仔细一想，我热爱的西域我已不在场，再也无法亲历它鲜活或滞缓的日常，我回来的江南，也不是年少时的江南了。只有这么多年走过的路，是我独一的、他人难于复述的路。

但，还是百感交集地归来了。如果说当初离开，是为了蒸发掉一个"水乡人"身上多余的水分，那么如今归来，则是为了保持自己身上最后的水源和水分，不要让自己蒸发到干旱、干涸。"恪守诗的训诫包括研究艺术，历经坎坷和保持蛙皮的湿润。"在浙江师范大学求学时，读到罗伯特·勃莱的这段话，眼前一亮，久久回味，它对我今天的生活与写作，依然有效。

有人说我的西域三十年，是一个从"湖人"到"胡人"的嬗变过程。现如今，这个尘满面、鬓如霜的中年"胡人"，又被摁上了烟雨江南的三点水。

归来，江南仍在那里：她的自然、山水、风物，在那里；她的意境、诗情、画意、韵致，在那里；这个"清丽地""温柔乡""销金锅"，南朝人所称的"欲界之仙都"，马可·波罗看到的"尘世许诺的天堂"，也部分的在那里。只是，时间已来到二十一世纪。

作为一个地舆概念，江南是不断变化的，具有很大的伸缩性，历来有"小江南"（狭义江南）和"大江南"（广义江南）之分。但作为一种独有的精神气场、气象和气质，不管你在不在、出现不出现，江南一直在那里——江南一直在江南，在她的清丽灵秀、文章锦绣之中。

江南文脉，赓续绵延；她的文学传统，特别是诗歌传统，茁壮独秀。但江南不能简化为"美丽"和"富庶"，她也不是文化单一性的代名词，因为江南有着与生俱来的自身内部的差异性和丰富性，河与海、泥与焰、丝与剑、吴与越、平原与群山、谢灵运的"山水"与干宝的"志怪"、鲁迅的勇猛尖锐与丰子恺的温暖慈悲……构成江南之精神的两极、多维，唇齿相依，杂糅一处，融会贯通。江南积淀深厚的新旧传统，构成了今天写作者面临的挑战和"影响的焦虑"，当然，还有每一个写作者置身当下、面向"云时代"急遽变化的经验的切身性和眩晕感。

在江南写作，好的地方很多，无须多言，但仍像在西域一样，需要自己时时内省，警惕地域自大和地域自恋，不能沦入地域主义和地方主义的迷人陷阱。庄绰《鸡肋编》云："西北多土，故其人重厚鲁；荆扬多水，其人亦明慧文巧，而患在轻浅。"江南写作容易"小富即安"，过分讲究趣味、情调，容易偏狭、潮湿，染上某种黏黏糊糊的个人中心主义习气，还有湿气太重带来的扭曲膨胀、变形变异，才子气以及才子气的穷途等，这些历代都有典例。但面对成就不凡的当代诗歌，新疆时期的我，最爱阅读的仍是江南地区优秀诗人的作品，其中的纯粹、通透和语言的考究、精准，一直是我学习的榜样，能够使我免于长期"孤悬塞外"可能带来的心灵和语言的萧瑟与粗糙。

游子归来，如何重新发现江南？在前人发现的基础上，如何有一些新的创造？

离开，然后归来……曾经，我逃离一滴水的跟随，却被一粒沙占有。三十年足够漫长，却转瞬即逝。而现在，我要做的是，用一粒沙去发现一滴水，用一片沙漠去发现一条命运之河，用海市蜃楼去拥抱江南的山山水水……是这个时候了。或许，我还可以用一双沙漠木乃伊的魔幻之眼，去重新发现江南，看看自己能否看出一些新景致、一个新的沉潜着的世界。

2020 年春天，我重点开始新诗集《诗江南》的写作，两年下来，写了一百二十多首，加上西域时期陆续写的、挑选出来的，形成一百五十首的规模。"江南"是个大主题，也是一个大传统，今天的江南写作，无论拟古、仿古还是新山水诗，无论现实主义还是新古典主义，必须将"江南性"与"当代性"结合起来，换言之，要置身纷繁复杂的现实，回应伟大悠久的传统。在写作过程中，我对自己有三个提醒：警惕湿气和黏稠，消解写作惯性和过度的个人化；将自然、人文与"无边的现实主义"（罗杰·加洛蒂语）相结合，形成"并置""多元"的效果；继续践行我在二十世纪九十年代提出的"混血写作""综合抒情"的诗学理念，在地域性写作中呈现"去地域化"的风貌特征。

2021 年 11 月 3 日于杭州钱塘

目 录

CONTENTS

第二辑　诗这里

第三辑　漫江南

第一辑

故园记

雨中，燕子飞

燕子在雨中飞

因为旧巢需要修缮

天才建筑师备好了稻草和新泥

燕子在雨中箭一般飞

淋湿的、微颤的飞矢

迅疾冲向时间迷蒙的前方

燕子在雨中成双成对飞

贴着运河，逆着水面

这千古的流逝和苍茫

燕子领着它的孩子在雨中飞

这壮丽时刻不是一道风景

而是词、意象和征兆本身

燕子在雨中人类世界之外飞

轻易取消我的言辞

和一天的自喜和自悲

燕子在雨中旁若无人地飞

它替我的心，在飞

替我的心，抓住凝神的时刻
燕子在雨中闪电一样飞
飞船一样飞，然后消失了
驶入它明亮、广袤的太空
我用无言的、不去惊扰的赞美
与它缔结合约和同盟

2020 年

骆驼桥

向东，湖州城外

钱山漾的地下幽冥世界

碳化的丝，桑园，孤独的高干桑

王大妈的面，淤泥里不腐的檀香木……

向西，骆驼的肉身已是合金

从荒寂到繁华

一条黄沙路似乎没有尽头

仿佛你凌乱一脚

就踏入了西域大荒的隐喻

水的高处在仁皇山

譬如枝头的柑橘和柚子

富氧的雪溪之上

石头和水泥的骨架也会颓丧

骆驼桥，只是一个水乡隐喻

一次与远方的对话和关联

雪溪的湿，一滴滴注入远方的旱
而漫漫黄沙，总是梦里相见
溪流汇合，来自蓊郁群山
在大平原，绵长、蜿蜒
如一束惆怅的生丝

骑着波峰的驼背，这心灵的
雅丹地貌，一路向西——
远行者已是他乡故人、故乡异客
在丝竹和隐约的胡乐中
一再默祷：
此岸，彼岸；彼岸，此岸
揭谛，揭谛，波罗揭谛……

2021 年

吉美庐

桂子落空坛，落进古老的石臼

幽谷的静，笼罩，弥散

竹园，溪流，交叉小径

都是冬日暖阳明晃晃归来的理由

在英英相杂的植物帝国，我们甘愿小于一

南烛已稀少，乡音夹杂南腔北调

南天竹果子，依旧珍贵如红彤彤玛瑙

阿萍的乌米饭，阿芳的青团子，阿彪的杀猪菜

几种乡愁会聚到热气腾腾的八仙桌

从吴均赞美过的石门山

到我们将要述说的钱坑桥

世界在吉美庐，有一个停顿

好伙伴的年少时光，仍在翻山越岭

像风一样，穿梭，奔跑……

相框里的父亲，并未离去

英俊，年轻，名字里包含吉祥

需要我们仰视的枯枝，已融入一片安吉蓝
围着糯米和黄泥的火炉坐下
围炉者皆为兄弟姐妹
饮茶，寒暄，或默默无言
再添加几块松柴吧，火是香的
让我们持久凝视火焰，直到看见
丝绸的狂舞，火焰的豹纹
自己心中涅槃的凤凰

2021 年

驶向弁山 [1]

太阳，一枚恐龙蛋的蛋黄

从弁山的剪影里落下去了

水域浩渺，起了微颤和波澜

好去接迎鎏金的夕光

墓园里的瓦雷里没有错

大海，一个屋顶，升起白鸥之帆

而溇港太湖，在傍晚微微弓起背

如灰瓦和鱼鳞的绵延不绝

喜鹊的老巢在水杉上越筑越高

鸬鹚，银鱼天敌，乐水仁者

太湖的迷藏大师，在屋顶

一再掀起不易觉察的古老浪花

我们是从皮鞋兜六十八号

驶向孤城郊外的太湖山庄的

---

[1]弁山，又名卞山，江南名山，位于浙江湖州。

9

如蚕豆与小葱的清明之花
驶向王蒙的《青卞隐居图》[1]
国平说得对，人到中年
你仍拥有儿时的万亩波顷

一个誓愿傍依八百里太湖
老宅基地上的书院就要建成
一只青螺壳里的道场
需要借取化险为夷的疾病
青春期摇滚和恐龙般的万古愁
再一次重建自己内心
（——赠施新方、林妹伉俪）

2021 年

---

[1]《青卞隐居图》是元四家之一王蒙的代表作。

关于水的十四种表达

1

三十年干旱西域

运河一直在你身旁流淌

——这昼夜不息的运命之河！

2

神话将黄河源放在塔克拉玛干

地理学又将它挪移到青藏高原

3

水有两种滋味：咸和淡

水有两副面孔：浊和清

4

对一缸浑水不停地低语：

我爱你，我爱你……

水，慢慢变清了

5

芥子须弥：
H_2O 中的一片汪洋
夹在字母中的"2"

6

哦，杂沓的春天
雨水，白银闪亮的脚踝

7

一个人身上
有全部积攒下来的苦水
一个人影的恍惚中
水在晃荡、行走

8

雨下个不停
最小的雨滴，孤单地
站在庄家村的芭蕉叶上

9

家乡的白鹭越来越瘦

不是为了顾影自怜

而是为了与水面

形成一个优美的"十"字

10

穿过你的黑发我的手

穿过你的火焰我的河

——水在燃烧!

11

西域以西

一江春水向西流

运河之东

滔滔江河复归于海

12

"江河水赤，名曰泣血。

道路涉骸，于河以处也。"[1]

博物的晋人深知这一点

---

[1]出自晋代张华的《博物志》。

13

去改造荒凉吧——
将一条河，像蛇一样
提溜进沙漠

14

一切都散失了
只剩下了水与沙
帕斯说的"两种贫瘠的合作"
和"强盛"

2021 年

柚子树

一月，北风一阵比一阵凛冽

橙黄的柚子滚落一地

有的饱满，有的碎裂，有的受了轻伤

布满黯然疤痕，厚皮也变得果冻般柔软

柚子滚动，走远了，仿佛去了海角天涯

没有一阵和风，将它们

送回山谷苍翠的怀抱

但在我的祈愿中，每一只柚子

都落满梅花、桂子和迷迭香

像幼者、贫者、弱者、老者……

每一只消失的柚子

各怀各的酸甜、苦涩和心思

驶离故土和星球

而树，依旧是尚未解构的一个个世界中心

倘若我是南方深山一株光秃秃的柚子树

在一阵紧似一阵的北风中

就能体验众多柚子，不，众多他人的体验

2021 年

冬夜垂钓者

神是一位乡村会计
在统计第二个冬天的疫情和死亡

烤肉师已化身垂钓者
坐在黑咕隆咚岸边，像打坐人
被夜色和冷霜，同时击打

他放出一束蓝光，用来吸引水族
幽幽蓝光，仿佛来自科幻片和灾难片
而在白昼，浮云和繁花
一度是他的试探者

水世界的疫情由来已久
水，一个系统，困住鱼的睡眠和苦海
一个流水与微澜的系统
仍在缓缓运转人间的铁板系统

神是一些腊八的霜雪
落在垂钓者的雕像上
钓不到大鱼，钓不到小鱼小虾
他只钓起一些冰碴、几只河蚌

——空空的河蚌，紧闭着
春天、闪电和响雷

2021 年

咸鱼放生

邻家大伯，今年九十

慈眉善目，思维敏捷

七年前某天，突发中风

送城里医院治疗四十几天

半身不遂，不能言语，滴水不进

医生无可奈何，对两个儿子说：

"治不好了，回家去吧！"

儿子们大哭，送老父回到村里

开始准备寿衣、棺材

三天后，大伯开口说话：

"我要吃粥！吃腐乳！"

一周后，大伯要求下床

两个儿子成了他的拐杖

他拄着儿子，在村里走动

越走越顺畅，越走越稳健

几个月后，开始独自行走

……我在菜园里拔草

大伯过来和我聊天，一起干活
"我是咸鱼放生！"他用肯定的口气说
"你是长命百岁的大咸鱼！"我祝福道
从前，我听说过咸鱼翻身的故事
现在知道了，咸鱼放生同样真实不虚

2021 年

水乡食鱼歌

一月，鲤鱼上祭台，跳进寒舍龙门来。

二月，银鱼丝白嫩嫩，鳑鲏鱼浑水寻欢。

三月，桃花鲈，桃花鳜，桃花甲鱼眯眯眼。

四月，清明螺蛳肥，菜花鲫鱼逆行来。

五月，白鲢半尺长，叫上东海黄鱼扎闹猛。

六月，暴子弯转（虾）正红，黄梅雨水惊鲌川。

七月，卧底黑鱼抱虾籽，出洞黄鳝赛人参。

八月，花鲢头，草鱼肚，比不上秋日青鱼尾。

九月，鳗鲡壮滚滚，九雌一雄螃蟹香。

十月，一群弯转乱窜，大嘴巴鲶鱼狂追赶。

十一月，河蚌淤泥里打坐，泥鳅鸭嘴里滑过。

十二月，寒风起，炖个苕溪鱼头喝一杯。

2021 年

暴雨已至

我们在暴雨中插秧、割稻子

抓住的野鳝、泥鳅，挣扎着溜走

一截截或长或短黏糊糊的时光⋯⋯

"在沙漠里生活了这么久，

你还会游泳么？"

湿透的行人，怀着莫名的哀伤和兴奋

小心蹚水，提着一双多余的鞋子

跌倒，又迅速爬起

下沙暴雨，海宁中雨，桐乡小雨，练市无雨⋯⋯

就这样，仿佛一步步登上了

解救的台阶

"雨，再下下去，

天就空了，干旱了⋯⋯"

而下水系统的脆弱和失败

配得上我们在人间遭受的一切苦厄

2021 年

太奶奶

太奶奶在纱帐上挂一只蛤蟆驱赶夏天的蚊虫

煮一枚红鸡蛋为差点溺水而死的我压压惊

打碎饭碗用瓷片为村里的孩子放血治病

颤巍巍抱只大冬瓜送给同样年迈的单身哑巴

将满满一升大米倒进安徽乞丐的布袋……

1976 年冬天的某一天

太奶奶陆阿大吃过晚饭，坐在桌前说：

"明天，我要走了！"

交代我年轻的母亲赶紧做寿衣

"给我一点旧棉絮好了，

新的，不太旧的，你们都留着！"

她轻声哼哼了一个晚上

第二天一早，就安详地离去了

今天，我又一次回到故乡

和母亲一起追忆太奶奶的点点滴滴

想到太奶奶离开我们快半个世纪了

但她的善心和善终，还在庄家村的夜空闪烁

太奶奶吉安！太奶奶万福！
你的世界和我们的世界
仍是息息相通的同一个世界！

2021 年

从丝瓜森林开来的卡车

从丝瓜森林开来的一辆破卡车
走过的八千里路，断断续续的尾巴
纠结成一团乱麻般的瓜藤
风餐露宿的云和月，常常混迹其中

从丝瓜森林开来的一辆破卡车
在一盘蛋炒丝瓜里呜呜打滑、空转
出没于隧道和史前溶洞
也曾翻山越岭，顺着流沙、陡坡
咆哮着，冲进瀚海和蜃楼

从丝瓜森林开来的一辆破卡车
像只老甲鱼爬在我家门口喘息
它移来一小片森林，喇叭形花朵
吹嘘世上罕见的鹅黄色
四个泄气的轮胎，依旧保持
一种静默的挣扎泥淖的冲刺力……

2021 年

树为什么活了过来

运河边，一棵香樟树

在春天叶落纷纷

不断地落、落、落

终于落成一个秃子

看上去，这棵树要死了

但到秋天，却突然长出新叶

一簇簇，一揪揪

像小鹅小鸡小鸭的绒毛

在枝头抖动轮回的业绩

——香樟树为什么活了过来？

也许是身边移来了伴侣树

也许对面立起了一座庙宇

也许，它把秋天

认作了春天

2021 年

银杏树

银杏树的壮丽一瞬

如初冬突然的歌剧院

歌剧院里的交响乐和男高音……

叶落缤纷，树与树疏远了一些

一棵、两棵、三棵……孤单的

灰褐色的躯干，近乎空寂

近乎生铁的冷心肠

昨夜有雨，一地落叶黯然了

看上去都化作了泥浆

仿佛黄金只拥有某个瞬间

仿佛黄金也在某个时代腐烂

"白果虾仁来喽——"

长兴饭店的侍者吆喝道

这又苦又糯的果子值得品尝

食客低下头，孑遗品尝了孑遗

2020 年

两棵辣椒树

冬至之后，母亲种的两棵
辣椒树，还在奋力开花

——树尖的繁星，微温的雪粒

两座层层递进的宝塔
白色花朵，青辣椒和红辣椒
闪烁在茂密的枝叶间

我解剖二十只红辣椒
去籽，将它们晾晒在
洗衣板上的一小块暖阳里

——乡间风，似剪刀
我用一把剪刀，解剖了
冬天的二十种辣

2020 年

凤凰桥 [1]

唐代薜荔，我一度认作
尚未成熟的西域无花果
枝蔓繁茂、纠缠，得益于
古典的水泥：糯米和蛋清

拆！还未等到一只凤凰莅临
拆！他们拆走的好像不是石头
而是一堆塑料和泡沫
蚕匾里芦花公鸡的
祭祀，也省略了

1987，我和你在桥上的
瘦照片，已找不见了
丢失的还有你的博士女友
只好借酒浇愁，吃一盘羊杂
干掉几瓶所谓的运河小茅台

[1]湖州练市镇东栅的一座古桥，建于唐代。

愁到深处，死去的阿锄 [1] 也回来了
坐在我们对面要了一瓶
我爱听他的公鸭嗓子
爱他嘴里滔滔不绝的博尔赫斯
那莫不是凤凰啼血损坏了的？

拆！古桥消失，流水之上，空
空空如也，也是一份熟透的真相
逝去的先人，星夜里咳嗽着
依旧脚步杂沓，来来往往……
（——赠舒航）

2020 年

---

[1]阿锄，原名陈夫翔，湖州诗人、小说家，2014年2月16日凌晨在家中自缢身亡，
年仅49岁。

蚕茧

抑郁在吐丝

建起一个椭圆形蚕茧

茧子的囚室

螺蛳壳里废弃的道场

茧子的铁壁

已将世界隔绝在外

蛹，消瘦、憔悴了

痛失化蝶的未来

变成起娘、瘪娘、离娘 [1]……

还要回到"四眠五龄" [2]

沙沙沙沙沙沙……

像熊猫剥笋

爱上桑园的寡食性

---

[1]起娘、瘪娘、离娘等，都是病蚕的名称。

[2]蚕为"变态昆虫"，卵—幼虫—蛹—成虫（蛾子），一个轮回，共46天。幼虫期，即我们称为"蚕"的时期，有28天左右，共蜕4次皮，每两次蜕皮之间的生长期为"龄"，故蚕有"四眠五龄"之说。

蚕茧

但回不去了。抑郁的
一头雾水、乱麻和混沌
病去如抽丝
那么就抽丝吧
抽丝如温柔的拆迁——
蚕茧，世上最小最弱的拆迁户

一个茧子的解放
就是一群蚕蛹的重生
三千茧子之丝
从江南到达西域
六千茧子之丝
从长安到达地中海[1]

2020 年

---

[1]一个茧子的丝有1200米长，故3000个茧子的丝可以从"世界丝绸之源"的湖州
到达新疆，6000个茧子的丝则可以贯通从长安到地中海的陆上丝路。

荒坟

有时是喜鹊、乌鸦

有时是麻雀、布谷

从邻村衔来乌亮的香樟果

经过它们小肚鸡肠的消化道

空投下热乎乎的种子

那里渐渐长出一片小树林

茂盛，静谧

七代祖宗在地下入座、就位

几十个骨头坛子，像几十个心室

——地下也有我们无法察觉的心跳

相聚一堂，家长里短，嘘寒问暖

不亦乐乎？

香樟林，像亡灵的长发

被天空不可知的力

轻轻揪起，蓬松，飘扬

七代之后，再无香火、祭飨
祖宗的名字丢失了
人间的儿女也不知到哪里去了
坟头萋萋，渐渐荒芜

当阴间的血脉断了
香樟林看上去披头散发的

2020 年

荒
坟

芭提雅山庄

芭提雅不在泰国，在中国江南

秋阳多么纯良，照耀山居的好心情

湖畔，两个石臼，一堆石础

窗外，茶园、竹林和五代同堂的银杏

银杏果用来炒菜、煮粥

铁锅里，旺盛的柴火炖着土鸡

秋虫阵阵低鸣，增添一种世袭的静……

芭提雅在江南顾渚山下

陆羽在这里写下：

"茶者，南方之嘉木也。"

其芽涤凡尘，名为紫笋

银瓶储水，带一壶金沙泉同去长安……

当我偶尔到达，仿佛从未远走他乡

恍然感到还有一个我

在此出生、成长，静静老去

2011 年作，2020 年修改

种菜

布谷鸟从初春叫到初冬

永远唱着同一首歌

仿佛时光忘了自己的使命：流逝

不必跟我说诗和远方

当我专心侍弄一小块土地

等同于重建自己内心

今年，我种过菠菜、莴笋、茄子

现在要种下过冬的麦子和蚕豆

土地从不记住它的劳作者

即便土地把我当作一株青菜看

这也不是什么不好的事

……越过这个冬天

布谷鸟还会鸣叫

而时光，会继续忘却

自己的使命：流逝

2020 年

村里的孩子

挣扎的人，生出挣扎的孩子
脸上有污泥，污泥里养鸡鸭
河里扑腾，捉蝌蚪、螃蟹、小鱼

遇大雨，跳进水塘，露出鼻孔
老人说，这样不会得病
病了，穿一件姜汁内衣
病重，喝臭卤，吃一只蛤蟆

挣扎的人，生出挣扎的孩子
所以走路很晚，似如拼命
他摇摇摆摆，从桑园摘回木耳
木耳是带露的
污泥的脸上是有光的

2020 年

乡间记

一群野狗在半夜狂吠
好像它们才是村里的主人
黑夜也是它们世袭的地盘

棕榈床积蓄了几十年的灰尘
现在向我交付一点呛人的流年
和一间幽暗守护着的空房

母亲还硬朗，从地里摘来毛豆
我们坐在一起剥豆、聊天
这是我的幸福辰光

说到同辈和晚辈的死亡
母亲说，善终的人少了
死前吃尽苦头的人多了

曾对我说杀掉的猪不下一万头

的阿键，变成了不会说话的瘫子
正躺在厢房纱帐里，静静等死

到半夜，一群野狗总在狂吠
而树是最安静的主人。我幼时种下
的冬青树，长得葱茏、蓬勃……

2020 年

荻港夜话

今夜，乡村教母
诞生于荻港鱼塘
身后随一群水的丫鬟
今夜，她们乐意窥见：
鸳鸯，浮游河面
睡莲，静卧泥潭

在荻港，波光涟漪
替她们喜悦或悲伤
她们像水一样流淌
完成对河道的逡巡
对淤泥的立法三章
微风，柳絮，树影
一轮若隐若现的弯月
也属于母系的管辖

多么辽阔的世界：

——女人和男人

多么俗套的比喻：

——水做的和泥做的

淤泥连同浮萍，在流亡

有时把自己浸泡桑葚酒中

有时抱住一株芦苇倾诉

仿佛要给水的统治

制造一点意外和乱子

注入诗的德性和微澜

荡漾成戏剧的尾声

需要寻找一串语词的借口

去完成没有剧情的相会

今夜，望月的人无所事事

月下风餐的人无所事事

远道而来的浪子无所事事

这很好，去独坐、叹息

细察内心苍茫的一幕

就像暮色笼罩的苕溪

正为一群男人和女人

体内的水土流失吟哦不已

2013 年作，2020 年修改

给悲哀一个拥抱吧

给悲哀一个拥抱吧
就像一夜无眠之后
打开窗户，迎接晨光
呼吸一口不太清新的乡村空气

卖豆腐豆干的
收割油菜麦子的
磨剪子厨刀的
赶着去热电厂缫丝厂上班的
突突突都从窗下过去了
陌生的人啊，在世上奔忙
为了生计，为了自己
不是一个无用者
携带卑微肉身的小小避难所

在乡间住居，一天很快过去了
你要剥豆、笋，准备简单的晚餐

静静吞咽着，想起陌生人

也该到吃晚饭时间了

忽然感到他们像空气

正坐在你的老八仙桌对面

那就给空气道一声问候吧

再给它一个大大的拥抱

抱紧暮色和紧接着来到的夜晚

抱紧虚无、隔绝和悲哀

抱紧陌生人的陌生世界

一刻也不要松手

直到死亡给你一个黑色拥抱

2020 年

一次拜访

寂静的午后
几只绿头鸭在觅食
桑地里，矮秆桑死了一半
另一半长出新叶

雨水蓄满废弃的陶缸
反光里有腥味的湿气
蚕匾、菱桶和锄具
靠在墙角静静腐烂

清明过后，油菜花谢了
枇杷像悬挂的青团
在高于木槿篱笆的地方
旁若无人地饱满起来

黛瓦碎地，粉墙斑驳
在增加午后世袭的静谧

村庄的一角看上去快塌了
却好像仍被某种执念硬撑着

三十年后，我从西域归来
去拜访一位儿时的玩伴
获悉：妻子罹癌病逝后
伤心欲绝的他已远走他乡

2020 年

舅公的工作

葬礼结束，棺材抬进桑树地
盖起黑瓦白墙的临时小屋
我们走夜路，总提心吊胆
每一株桑树都像一个鬼影
有时，看见磷火闪烁、游移……

三年后，尸体腐烂、溶解
小屋看上去变成了旧居
这时，慈眉善目的舅公来了
他的工作：为死者搬家

舅公毕恭毕敬，焚香，敬酒
说一番暖心的家常话
然后拆除小屋，打开棺材——
"有的骨头白，有的骨头黑，
伊活拉时 [1] 的良心造成的。"

---

[1]伊活拉时，湖州话，意为"他活着的时候"。

"有时遇到僵尸，比较难弄，
好像伊还要活过来……"

……遗骨装了坛或瓮
搬到祖坟深埋，入土为安
——舅公的工作结束了
他感到满意，相信死者
也是满意的，就喝了
主人家准备的高粱烧
吃了三个糖烧囫囵蛋

2020 年

卑微之神

晴朗日子里，行三叩九拜
用香烛、黄酒、公鸡、白水鱼
和七色头绳，召唤他
闭户七天，方能开门迎客
阴雨天，他隐藏起来了
住在一棵古树的根部
雨水淅沥，他感到遗憾的是
这些飘摇而透明的粉丝
不能用来做一碗好喝的汤
《五行志》说得很清楚：
"土地广博，不可遍敬，
故封土为社而祀之。"
因此，要用一只蚕匾
划出一小块地，再行祭拜
诸神的梯子上，他占据
最低一阶，如同天地神经
他永远只是一个末梢

卑微之神，须发全白
就像村里的一位慈祥长者
我们良善的亲人、亲戚
他的卑微，与土地草木齐名
坚固我水乡游移的宅基

2020 年

童年的时间

我参与雨水的时间
雨水在桑园里原地团团转
时间是肥嘟嘟的木耳
比地衣的颜色要淡一些

我参与一只石臼的时间
石臼太重，无法挪动一步
它收集足够多的雨水
托起几朵浮萍的时间

我参与一只旱鸭子的时间
时间是摇摇摆摆的画面
旱鸭子停下来，久久凝视着
为了不让这些景致轻易溜走

我参与桂花树、苦楝树的时间
落下来的是星星碎了的小花

砸向脑勺的果实的小石子

时间是香的，也是涩的

我参与春雷中闪电的时间

闪电累了，像冬眠的蛇

静卧杂草丛中，不愿醒来

我参与一座村庄古老的时间

只有村庄之内：一盘石磨的转动

没有村庄之外：一个世界的混沌

2020 年

大雪过后

大雪过后，河水变重了
水银般晦暗、颤动

白鹭，蜻蜓点水般掠过水面
静静落进枯萎的苇丛
被积雪压坏的老桑树上
一群麻雀争吵不休

九十岁的邻家娘娘
从雪地里扒拉出青菜
"一场大雪，
被你从新疆带来了。"

本家兄沈健说：
"一个胡人，
又被摁上了三点水。"

2018 年

西边河

家宅被拆后，东边修起工厂围墙

早晨和傍晚，一天两次我往西边走

穿过挤成疙瘩的新农村建筑群

农人在可怜的一点空地上种菜养花

我认识丝瓜、扁豆、枇杷

后来又认识了秋葵、木樨和薜荔

浑浊小河通往大运河，看上去似乎

还活着，但谁也记不得它的名字了

有人叫它围角河，有人叫它西塘河

还有人叫它徐家桥的那条河

第一天，在河边看到钓鱼的人

他的耐心终于钓到一条小小的鳊鱼

第二天，有人给簇新的油菜苗浇粪

一勺一勺，像我小时候看到的动作

第三天，在河边想起儿时玩伴红鹰

家境贫寒，从小干粗活、重活

九岁溺水死，苦命而好心的她

愿她投胎转世在一户好人家
第四天，从远方飞来一只白鹭
浊水沐浴，在一棵柳树下整理羽毛
休憩，好奇地望着黯淡下去的水面
第五天，我就要离开了……起风了
秋风吹皱河面，喜鹊在杉树上筑巢
父亲说，今年的巢比去年低了些
说明明年不会有洪水了……

2017 年

德清记

1

绿色多得如此苍翠

这就理解了诗囚和灵猫

为何诞生在德清

挖笋的赵俊、徒步的思华

正往深山走去

静谧、静谧、静谧

孤寂、孤寂、孤寂

他们就有六台好马达了

2

志浩兄在新市大雨中说：

"首先让每一个自己光明起来……"

漫漶的绿，总有提前亮起来的树

比如碧坞村的一棵银杏

通透的橙黄，展开帆和翅

鼓满山野走散的风

落叶盘旋，像鸟儿凋零

那神圣的美学搏斗……

3

莫干山不高不低

剑池不增不减

如今宝剑已不分雌雄

油锅里尚有两颗搏击的头颅？

唯有竹子的奔跑，依旧保持

春笋从泥里出鞘的姿势

竹园里孩子们嬉闹

用瓦片刻下咒语

而他们藏在山里的宁静

是一份不会丢失的遗产

4

漫游了远方，游子累了

只想在山里有一个家

劈柴，种菜，腌制咸蹄

溪水淘米，像温和的朱炜

爱着螺蛳和桃泥……

5

从故园到异乡的旅程

不再是卑微身躯能够承受

游子归来，故园蚕丝

添他一份缠绵和惆怅

从山区到平原，长夜无尽

明月孤灯，似银制刑具高挂

照不见早年亲爱的脸庞

捉不回流逝的时光

6

郊寒岛瘦，清奇僻苦

被母爱和孤独驱策

东野暴疾卒于中原异乡

归来的水晶宫道人

摆脱仕与隐的纠结

携强势夫人葬于洛舍东衡

"我泥中有你，你泥中有我。"

唯有泥和死亡，能够保证

姻缘牢固，永不破裂

7

让《牛奶配送员的奇幻人生》替你漫游

让一首《游子吟》为你答谢、报恩
让莫干山的绿为你排忧
让子思桥的鸡冠花为你解毒
不够？就学一学下渚湖的朱鹮
雌雄合体，从一而终

8

当朱鹮迁徙到下渚湖
荷花，出污泥而多彩
蓝、紫、玫瑰红……
藕的命运，却越陷越深
如果你长久凝视其中一朵
身体就获得湖水的荡漾
时光的绵延，以及
岁月隐藏的无言枯荣

9

"雨水是稻苗和桑树
花天酒地的享受。"
被水和沙一分为二的人
曾在沙漠饮酒
酒杯空空如也
此刻于新市雨中饮酒

酒杯满满当当

10

异乡，把你推入绝对远景
游子归来，像莫干鹅掌楸
重获一条站立起来的路
一种反方向的引力
鼓励你的根须
深入、更深入……

11

仁者乐山，莫干山够吗？
智者乐水，像已逝的史欣
爱一滴古镇之水、运河之水
江南德清，当过客们偶尔到达
突然感到还有另一个"我"
生长于斯，静静老去

12

请记住德清箴言——
"人有德行，如水至清。"
"首先让每一个自己光明起来……"

2017 年

云半间

南天目山的一朵云
借竹海之苍翠歇一歇
仿佛厌倦了天空的流亡

你和一朵静止的云不近不远
就像一首诗和现实的距离
就像人和世界看不见的边界
就像这风景，这安谧
老僧半间云半间

当一朵云再度开始流亡
带动你内心的足音和步履
它用静悄悄的变形记
缭绕、飘移、弥散……
演绎无常与轮回
并提醒你，生命
将如何融入时空的苍茫

2015 年

为植物亲戚而作

在我的植物亲戚中

油菜花从不失信、爽约

每年都来清扫过剩的阴雨

蚕豆花开，我们再次遇见

童子们黑亮的眼睛

桑拳头总是攥得那么紧

并不屈服于驯化和矮化

在阵阵和暖春风中

如期绽放新叶、木耳和桑葚

菜地里小葱、韭菜和大蒜

青翠可爱，一行行、一句句

是母亲开春时种下的

比我种在书里的字词句

要生动，更具自然的美感

苦楝树从不招来凤凰

有时引来喜鹊和更多的麻雀

引来四面八方的乡村消息：

生、老、病、死，等等
祖坟那边的香樟林越长越高了
是鸟儿从别处衔来种子长成的
茂盛和幽静，陪伴着
被我们丢失了姓名的九个祖宗
一座披头散发的小树林
抵御了流年和遗忘
当我找到一截香樟树的根
就可以带上它，再度远行了

2011 年

一个哑巴在雨中寻找她的妹妹

一个哑巴在雨中寻找她的妹妹
她的钢笔丢了，她的本子湿透了
再也无法与一棵树、一只鸟儿交谈

雨水如注，河里的螺蛳在呕吐
从一个村庄到另一个村庄
没有一个人听得懂她的话
她发现，是他们的愚蠢
隐藏了她的妹妹

有人告诉她：枇杷熟了
喜鹊刚刚飞过村东头
"留下来吧——
我们村里有许多好小伙。"
她摇摇头，微微笑了笑
转身又消失在雨中

雨水滂沱，泥泞轰响
一个哑巴要去远方寻找她的妹妹
"雨水啊，你把妹妹带到哪里去了？
雨水啊，我要赤脚走到你尽头！"

2006 年

星

当我写下一颗星，同时写下
它的呼吸，心跳，梦的枕头
杂草般光芒包裹下的隐喻肉身
毫无疑问，也要写下
黑暗对它的养育之恩

太多的仰望和赞美
在增加它危险的亮度
因此我俯身，在大地上寻找一颗星
翻过一座座山冈、一条条河流、一座座草垛
在家乡的一口古老深井里
它的沉默像鱼，冒着气泡
它是我童年的萤火虫
时至今日，我仍在捕捉它的诱惑
它的闪烁不定

当我写下一颗星，它的飞翔

迅速划伤洁白的稿纸

在陨落之前，我要让它保持、永远保持

最美的弧线和亮度

在一张没有边际的纸上

2004 年

雨的回忆

1

雨在下

母亲在屋檐下发呆
粳米淘好了，但湿透的稻草
不能用来烧一锅粥

屋顶醒着的猫
神经质的脚步，凄切的叫声
几度惊醒我的睡眠
几度弄碎漆黑的瓦片

瓦片喧哗
在记忆深处，一再落下、落下……

2

湿地里耸动的墓园、松柏

满足阁楼上的眺望
和一位少年的惆怅与兴奋

田野上，雨丝杂乱无章
雨和雨，这贫穷缔结的婚姻
还看不到一个清晰的尽头

村里的男人们在忙碌
从废弃的桑园挖出四个骨头坛子
不多不少：四份均等的悲哀

虚无弥漫着，游荡着
像一件旧时的外套
并不适宜大地的身材

3

雨声，蛙鸣，香樟树气息
愿它们进入一位屠夫的梦乡
"我杀掉的猪，不下一万头！"

谢谢你，胆怯的初晴
雨水终于松开捆绑我的草绳
我愿是茧壳中混沌的蛹

内心一阵旷日持久的狂暴鞭打

就要过去了——

常春藤倾心于鸟儿的翅膀

它是多么无知啊，滂沱的雨水

曾向着泥泞的大地——升天！

2004 年

南浔雨后

雨停之后
河边菜馆里的杨梅酒
在继续
从水里打捞起来的
湿漉漉的话题
也在继续……

香樟叶柔软地铺了一地
仿佛春风里的欣然告别
一棵树可以是新的
一个人为什么做不到呢
当它抖去一身落叶，也卸下
前世恩怨积蓄的繁华碎片

一座名园[1]有它的还魂记：
垂柳依依，拂过水面

---

[1]指湖州南浔的小莲庄。

如同死去小姐们寂寞的发丝

睡莲们继续睡着

在淤泥卡住的梦里

会有一种轮回升起、莅临

待到盛夏，将重新谱写我

葱郁而孤独的恋情

雨停之后

有人在街上哼着越剧

一条狗跳过水洼，停在桥头张望

雨水一度中止了生活

现在又恢复往日流逝的韵律

像小镇一位平和的居民

我爱着菜市场的气息和叫卖

像今生今世的留恋

雨滴仍在屠夫们的案板上跳跃……

（——赠屠国平）

2004 年

故乡：丝绸之府

在越来越硬的水中
在失去了水的水中
像鱼，我咕噜咕噜冒着气泡
开凿这个小小的唯一的透气孔

我的肺在远方鸟一样飞翔
而呼吸仍停留在桑叶的一张一合中
停留在雨打草尖的微微战栗中
停留在蚕茧的囚室和飞蛾的叛逆中
停留在缫丝厂烟囱的缕缕青烟上……

——故乡啊，我归心似箭
但我的弓像尸骸被沙漠掩埋
你的怀抱还敞开着吗？
你的乳汁依然新鲜吗？
是的，你有足够的水滋润焦渴的唇
有足够的丝绸铺就还乡的路

我将带回香料、乐器、残卷

喀什噶尔的石榴、撒马尔罕的金桃

还要带回一条紧紧尾随我的

尘土飞扬的丝绸之路

2002 年

清明节

死去的亲人吃橘红糕、糖塌饼、猪头肉

最老的一位颤颤巍巍，拄着桑木拐杖

最小的一个全身沾满油菜花粉

年轻人喝着醇香的米酒

死去的亲人在忙碌，赶着死去的鸡鸭牛羊

进进出出，将一道又一道门槛踏破

他们爱着这阴天，这潮湿

将被褥和樟木箱晾晒在雨中

他们只是礼貌的客人，享用祭品、香烛

在面目全非的祖宅，略显拘谨老派

死去的亲人在努力，几乎流出了汗水

他们有火花一闪的念头：渴望从虚无中

夺回被取消的容貌、声音、个性……

无论如何，这是愉快的一天

聚集一堂，酒足饭饱，坟头也修葺一新

墓园的松柏和万年青已望眼欲穿

天黑了，他们深一脚浅一脚地返回
带着一些贬值的纸钱、几个怯生生的新亡人

清明节

1999 年

一生

日出而作。他荷锄而出
家门敞开，朝向命运和晨风
在一群鸡鸭猫狗之间，他是一只雄鹅
大声呵斥它们的贪嘴、吵闹和不争气
用主人的权威维护乡村秩序
而一只小鸭子的丢失使他失魂落魄
在暴风雨中寻找整整一夜

天空高而蓝，像大厢房之顶
他习惯性地眯起眼睛
桑林、菜园、稻田……仍在原处
这田地，这夺不走的江山，令他放心
他犁下第一锄，向大地问候早安
第二锄，饱含一个古老的约定
第三锄，与晨光一起全力以赴……

他弯腰似弓，心愿之箭呼响

从未偏离三亩田地之疆土

白日梦被驯服，套上绳索、轭具

像毛驴绕着石磨转个不停

除了妻子枕头底下那点可怜的积蓄

他需要的，并不比水塘里一尾泥鳅

或者草垛上一只鸟雀，来得更多

他的脸，一幅泛黄的乡村地图

宽边草帽下展开一半的阴影

一半的烈日下的挣扎

构成田野上静默的黄金分割

丰收和歉收，像两个咒符，烙上脊背

"老天爷……"他的叹息只是自言自语

听不清楚究竟是喜还是悲

他种下土豆、萝卜、白菜

——它们铆足劲，一点点将他往泥里拽！

他并不惊慌，也不呼救

无法丈量生死之间那点有限的距离

在他内心，嫩叶和枯枝总是混为一体

如同晨雾与暮霭的游荡

模糊生死界限，使天地晨昏不明

"我的大半截早已入土……"

他经常自嘲，好像谈论的不是自己
而是一株植物和它的顺从
他拍打身上的尘土，为了抖去
皱纹和老茧中太多岁月的锈迹
让饱餐后的蚊蝇满意地离去
而脚下，尘土越堆越多

终有一天，他将躺在这尘土下
微微隆起的坟头，日月在相互追逐
先人们坐在葱翠的松柏丛中
口衔旱烟，面带微笑，向他问候
他赶紧报告："到！"略显羞怯和不适
比起先祖们洪荒岁月的大风大浪
他在人间所受的苦只是微不足道的一滴

1997 年

庄家村

雨水带来生活的凄苦，在田野上
在杂乱的草垛上，弹奏忧伤的旋律
笛声若隐若现，仿佛来自地球的另一边

各家的门关着，路上空无一人
沈志权和凌珍女，我的父亲和母亲
正在阁楼上谈论水稻的长势、蚕茧的收成
以及明天又要返回新疆的儿子
轻声的叹息飘向村庄上空

桑树在雨中发抖，而苦楝挺直了身子
仔细倾听，村里的万物都在唤我的乳名
用全部的深情拦住我的背井离乡之路
鼻子忽然一酸，不知是雨水还是泪水
一齐涌进我的眼眶

邻居家的老狗对世界有足够的侦察

现在，正从一百米外的远方回来
缩头缩脑，一惊一乍，好像脚下踩的
不是泥水，而是熊熊的火
雷声一响，母鸡们纷纷回窝下蛋

我在雨中待了很长时间
湿漉漉回到家，关上门
全身颤抖着写下"庄家村"三个字
仿佛在告别，在坚持一种
古老而绝望的艺术

1995 年

告别

最后一次告别，在外省高高的山冈
草坡葱郁、倾斜，像一张桌子
正好供我与世界签约：我将再来
用再见迎接更多的再见

最后一次告别，在早春的一个梦里
初恋与火，降落微波不兴的湖面
黑头发里的黑色在狂欢
黑眼睛中的黑夜已达夜半

最后一次告别，在死亡的阵阵冷战中
空气的皮肤绣满睡眠的图案
寂静笼罩群山和群山下的居所
稍等一会儿，你我也要安眠

最后一次告别，在告别的风暴中心
我苍白得像一朵云，包含太多悲伤的雨水

当鸟坠落，飞翔仍留在天空
当手挪开，抚摸仍停在爱人心上

1994 年

初春

二月银白的天空看上去有点肮脏

枝头小小的寂静在爆炸

道路在泥泞中挣扎、游动，奋不顾身

冰的骨头碎裂了，河水不是运走了苦难

而是运送它们去远方继续革命

当绿色如此肤浅而放肆地包围了大地

泥土深处土豆种子的嫩芽催促着

更深处黑暗王国的脚步

初春没有歌，我迎接的是什么

新的空气，新的爱情，还是新的厌倦

只有光，高大的光，赤裸的光

站在跟前，注视我们从噩梦中醒来

1993 年

自白

我从未想过像别人那样度过一生
学习他们的言谈、笑声
看着灵魂怎样被抽走
除非一位孩子，我愿意
用他的目光打量春天的花园
要不一只小鸟，我更愿
进入它火热的肉身，纵身蓝天

我看不见灰色天气中的人群
看不见汽车碾碎的玫瑰花的梦
我没有痛苦，没有抱怨
只感到星辰向我逼近
旷野的气息向我逼近
我正不可避免地成为自然的
一个小小的部分，一个移动的点
像蛇那样，在度过又一个冬天之后
蜕去耻辱和羞愧的皮壳

1992 年

回忆

自从我的第一声啼哭，并不比
世上一片落叶带来更多的东西
我随时都会失踪
就像秋风里的一声呜咽

在如此卑微的生活中，我能说些什么
最多说我爱我自己
但我遭到了嘲笑和惩罚
以至于每当开口，便仓皇四顾
好像自己犯了大罪

他们教我吃食、计数、给祖宗叩头
扳着指头赞美生活
像他们一样空洞地哈哈大笑
而我躲进被窝哭泣
一边想念那位眼睛发亮的姑娘

这是无法更改的事实：
我和他们呼吸同样的空气
然后像他们一样老去、死掉
在此之前无法涂改肤色，更换血液

一天，我去桃树林里散步
几只蜜蜂在花蕊中深情地看着我
这使我感动万分
我在心里说：我宽恕人类

1991 年

故土

二月，休耕的大地克制着欲望

白银的幸福在泥土中腐烂，混合着

枯花与落叶衰败的气息

老风车静默着，河水小心翼翼运送薄冰

我童年的木马一脸肃穆，守望风水和田野

它至今没有说出的疼痛

早已烙在时间这件陈旧的丝绸夹袄上

如果天下起了雪，饥饿的母鸡仍会绕过草垛

去它恋爱过的地方觅寻残余的谷粒

猫爪中的一声呜咽，从灶头遁入空中

变得尖锐而且微弱，直至完全消失

寒风吹彻，村庄内还会发生什么呢？

一个声音说：死了

另一个声音紧接着压倒了这个声音：还活着！

还活着，小鸟的歌声擦亮第七个清晨

还活着，冰凉的太阳坚持最初的方向

还活着，木轭的牛车一路喘着粗气

凝神聆听，神灵的祝福隐藏于无言和忍耐

屋檐下猫眼睛诡秘地闪烁

照亮花开花落、四季轮回

菊花与蒺藜已在大地深处醒来

我听到打铁的声音来自寂静的河对岸

高一声低一声，蕴含着灼人的火

和火中的钉子，仿佛生活本身的天籁之音

还活着！含辛茹苦，铿锵有力

雨水倾向劳作，倾向村庄，缓慢着车轮的转动

我的祖先在雨水中洗脸，向着土地诉说衷肠

我的祖先背影模糊，大片汗水抚慰庄稼

他们在生活的伦理和责任中表达

稼穑的寂寞，镰刀和麦穗的锋芒

劳动，劳动，劳动之重

令劳动者魂断腰折、匍匐土地

当麦子一批批倒下，送往粮仓

当劳动者的儿女们在尘土中一代代成长

生存的光芒飞离陋室和他们粗糙的手掌

那艰辛的美，也孕育其中

在节俭的大地上，婚姻和生育总是光明磊落

母亲在道场上晾晒菊花，乳汁的芳香

至今弥漫我记忆的空间

就在昨天，一百个处女还在瓦房上曼舞歌唱

一夜之间都糊里糊涂做了新娘

她们凝视远方，世界便在身后出现

给她们突然一击，——这一切总来不及思考

那远逝的春秋啊，如花丛中升起的云朵

飘向蓝天，使翘首者泪流满面

　

我走向我诞生的木楼

——我是否还在里面？

在一岁的早晨，或者十岁的黄昏？

迎面扑来干草熟稔的气味

那白米的木桶和木桶上龙凤的图案

是以怎样的方式维护旧日的面貌？

并以怎样的耐心使我的家族源远流长？

当一切都走远了，消失了

种族的血洒在我身上，爱与责备

印在子孙的眉间

　

故土，永恒在哪里？我问，俯身向水

我触及的一切都在流走

永恒在哪里？时间缄口不言

永恒在羊眼睛的黄夜里

是黄夜的星辰，是星辰和星辰的凝视

是星辰消逝前有限的努力

我看见水底锁着沉思的村庄

鸟儿笨拙翅膀上死的花容月貌

飞翔与坠落同样引人注目

我看见世间最后一名地主悄然离去

留下积雪封冻的村庄伫立河边

栅栏紧闭，竹门紧闭，似乎什么都未曾发生

哦，总是这样——

总有那么一天，激情化作了凉水

总有那么一天，老人需要阳光的搀扶

总有那么一天，鸡毛掺进一地叹息……

我一路喟叹，看见村道尽头

哭声抬着黑漆棺木走出东邻老屋

一路向西，抛撒花瓣

此刻，还有谁在呢？还有谁

坚守着诺言、乡规和三寸风水？

当巫师的火舞散尽，邪气镇服

当怜悯和祈祷驱逐诅咒，被亵渎的胴体

零落开放几朵少女的玫瑰

还有谁在呢？手持一支火焰

明丽我的家园

这是孤独的守夜人在苦苦表达衷情

在劳动和财富之余，照亮

真理、智慧、梦和飞翔

将步履趔趄的我的乡亲们，逼向

灵魂的深谷和安宁的夜晚

这是我离开故土的第三个冬天

月色照旧，风景照旧

我披星戴月，在寒霜里

哆嗦着前行、回返

小酒馆的旗幡耷拉着，猫在灶台打盹

桑林和稻田，睡得很沉、很沉

——一切都没有动静

但我知道：沦落之处便是再生之地

过程中悄然行进的，执迷于过程本身

就像欢庆锣鼓，随着丰收祭祀的来临

努力屏住了呼吸

我或许是村庄里唯一的行动者

这无限的沉寂中回响我脚步的忧患

一切还没有动静——

一个声音说：死了

另一个声音紧接着压倒了这个声音：获救了！

1991 年

第二辑

诗这里

良渚的曙光

象牙黄神徽，狰狞的观念动物
一双重圈大眼，看见五千年光阴
南方的灵，附着于琮、璧、钺
南方的魂，潜伏于地下幽冥已久

眼睛的饕餮，目光的空茫
放大几倍的神人兽面、羽冠鸟爪
看时光沼泽之上，升起悬空房子
躲避毒蛇、猛兽和洪水的袭击

饭稻羹鱼，剩余的谷子
正好用来酿酒，再去幽谧丛林
追逐麋、鹿、野猪、四不像
用血和酒，祭献威仪的神灵、先祖

城郭高台，巫师的舞蹈通宵达旦
出神的时刻，众人纷纷化身为

飞鸟、羽人、游鱼、青蛙、知了
而有别于野兽，就得像野兽般吼叫

一代又代，化为地下淤泥、泥炭
男男女女，热爱黑陶器具烧制
在火光中认识晨与昏、昼与夜
让金刚砂专心于与玉石的拉锯战

传说有一天良渚人看见了龙
"见龙在田，天下文明。"
如果足够虔诚、凝神而细腻
苍龙就在小小玉琮上显影

异象神徽，一双巨眼替虚空在看
横看山与水，纵观生与死
孩子气的刻画，稚拙的文字胚芽
在黑陶和玉器上渐渐显现、绽放——

一缕良渚曙光，照进南方的鸿蒙沆茫……

2020 年

太湖

浩淼，荡漾

这一滴江南之泪太大啦

也许是来自以太的陨石一击

留下的恶作剧水坑

所以又名震泽

震卦之泽

震旦之泽

——水天一色

色，随烟波缥缈、消散……

像芦苇，这些原住民

在水中正念冥想

你正可以坐在静静湖岸

观空——

2020 年

西湖

水的道场，细看波光涟漪
原是上演人妖恋、人鬼恋的水上剧场

白蛇爱许仙，就是十度的体温
爱上了三十七度的身体
是冷血换成了热血
于是，镇妖入塔
——雷峰塔倒塌了
雷峰塔又建起来了

湖山此地曾埋玉
风月小小可铸金、铸银
如今，铸铁、铸陶吧
落魄书生，携一把天堂伞
提一只易碎的陶罐

蝴蝶成双成对，飞过苏堤、白堤

飞过水面、三潭印月

飞入南山幽林的万松书院

梁祝苦读《庄子》，提前梦见

七个坟墓[1]的化蝶之舞

阴阳两界，爱恨情仇

风烟俱尽，山水亘古

背对西湖，依旧是红尘、车流、行人

依旧是钱塘潮涌，丹桂飘香

法海的螃蟹，仍在雨水和淤泥中横行……

2020 年

---

[1]据说从浙江到山东，全国现有七个梁祝合葬墓。

剃度记

放下美人、戏装、虎啸……

倘若西湖是一座水寺院
那就放下西湖之外的世界

放下西湖以西大慈山、白鹤峰
放下山石之重、生命之轻
如放下一丛青丝恨缕

寒风飞雪，虎跑定慧
茂林修竹，秘而不宣

"生命是一袭华美的袍，
爬满了虱子。"
虎跑没有过冬的虱子
只有一口古泉
汨汨流向正月萧瑟的茶园

哗——

他脱去了浮云

和全身附着、积蓄的繁华

哗——

弘一脱去了李叔同

2020 年

断桥夜谭

身后的宝塔依然孤峭

像吴越国的一柄锈剑刺破夜色

人妖之恋，早被对岸新建的雷峰塔

再一次降伏、终结

吉事尚左，凶事尚右

左岸魅影与右岸群山却吉凶难辨

当霓虹与至暗互为镜像

它们可能就是各自神往的乌有之乡

哦，众生，烟霞，雾障

一池湖水跌落下去了

张岱梦寻，熏风至，西湖即酒床……

断桥不断，情侣们隐约出没

穿戴古老戏装

向苏小小坟冢而去了

依偎者，春寒之手料峭

渐渐松开，各归其所

唯余波光里的叹息和碎碎念

我本是一分为二之人
就像这个夜湖，有里有外
本是一分为二的一体
倘若主客冥合变成分离癔症
生与死，也只是身外之物

2021 年

梅家坞

找一个山坳，盖房，住居，生养
仿佛一种初创，要有光就有了光
礼耕堂不太古老，六百年也不漫长
每年春天，香樟树叶落纷纷
像蛇，醒来，脱去无用的皮壳
有时狂风、暴雨、雷电入村
几乎掀翻第一个种茶人的屋顶
也为茶树的一夜疯癫找到了缘由
植物猎人总走不出多雨的江南
但在几乎停滞的日复一日中
静谧比居所古老，比石头悠久
山峦叠翠，呈现原始的环抱状
退隐于密，十里琅珰便是路径
翻过山，便是灵隐的晨钟暮鼓
循溪而上，像在寻找各自的起源
旅人发出逆行的幽情和嗟叹
茶园葱茏，散漫而铺张

漫过山坡、人迹、荒草

当枯枝败叶返回明前的嫩芽

日光与星光如天空的帷幔

风景之门随时光开、闭、开

西湖以西，梅家坞，南方山坳

不是一处景观，而是自然的心窝

2020 年

塘栖

负塘而栖，莺啼花落
枇杷熟了，阴阳井，弄堂琵琶
一起弹奏细雨、和风

时光的一个停顿，在塘栖米床
七孔桥的流逝，有了七倍的慢
关于众生，关于苦乐
陈守清的广济，是普度的近义词

苏州已远，杭州很近
人间慈航，过塘栖
便是拱宸桥、武林码头
放下糖佛手、紫金锭
撑起一把缱绻的天堂伞

远看去，仿佛运河之水

撑起了雨水的伞骨

天空低垂的廊檐和华盖

2021 年

天姥山

壮游，吟留别，行尽深山又是山
古驿道，剡溪长流、回返
仿佛律诗与景致的资深向导
去风景深处吧，这洞天，苍然天表

古来万事，如东流之水
幽谷，丹壑，叠嶂……
峡崎之谷，一门群山中的隐学
霓衣风马，旷古之静弥散
突兀鸟嘴岩，模仿群鸟啼鸣
哒粥谭，即跌落水
碧溪回响，深知崔嵬心意

十六福地，对应葛玄的天台
桃都天鸡，天明则鸣
天下之鸡，皆随之而舞
烟霞层峦，传来群山的合唱

行者与隐者，已浑然一体

采薇，不如拂石卧秋霜
不如炼丹、吟哦、闲坐
在天姥，顽石、危途和霹雳
可耐心并精心炼丹。移动的个体
跋涉，探幽，登攀……
如随身携带了一只炉鼎
以万物为胎息，吐故纳新

2021 年

天一阁

春风不识字，蠹虫亦读书
家谱方志，碑碣拓本
视若来年宁波还魂纸

于是请来九狮一象
一只目光炯炯獬豸
要用芸草和英石辟蠹、除湿
叠山理水，通达烈日下月湖
再从东海运来会呼吸的海礁石
易经曰：天一生水，地六成之
百年古樟，构建蔽日天空
浓荫下，家族血脉与书香传统
这纵向的齐驱，历岁月险境
和时日灰烬，而一次次重生……

守一书楼，如宅心物外
如东瀛的幽玄、物哀、寂

没有谁人比去官还乡的范钦
更懂得先人尤袤的心声：
"饥读之以当肉，
寒读之以当裘，
孤寂而读之以当友朋，
忧幽而读之以当金石琴瑟也。"

2021 年

沈园

表妹没有死去

一直活在离索之痛中

伦理的诘难，爱的生死穿越

从十二世纪末的绍兴城东开始

六十三岁，菊枕余香似旧时

六十七岁，小阙于石，读之怅然

七十五岁，伤心桥下，惊鸿照影

八十一岁，梦见玉骨已成泉下土

八十二岁，但见孤鹤飞过园内颓墙

八十三岁，美人和幽梦，哪堪匆匆

八十四岁，放翁先生去世

那年以来，沈氏园林的

梅花、桃花、梨花、玉兰花

开了又谢，谢了又开

像宋代一样绚烂缤纷

一些花泥，一泓葫芦池

合葬了两阙双生的《钗头凤》

2021 年

越歌：十二稀奇

一稀奇，麻雕踏煞花公鸡

二稀奇，蚂蚁骑马到慈溪

三稀奇，乌篷船行咚酒缸里

四稀奇，黄狗黑鸡拜天地

五稀奇，两只奶奶神经兮兮

六稀奇，毛脚蟹钻进豆腐里

七稀奇，核桃树上长香榧

八稀奇，乌干菜爱白米

九稀奇，九旬老头唱大戏

十稀奇，鳑鲏一跳到会稽

十一稀奇，醉虾做梦沈园里

十二稀奇，老鼠胡须写篇兰亭序

——南风之熏兮，可以解吾民之愠兮！

2021 年

李清照在金华

北方的乌云压在心头

金戈铁马，逆胡亦是奸雄才

衰世至，山河破碎，夫君夭亡

十五车金石古卷已丢失、焚毁

婺江双溪口的蚱蜢舟

载得动多少生死离愁？

与其凄凄惨惨戚戚

不如移情于物

移情于江水、丘陵和远山

云中锦书，无须寄达

瘦鹤芝兰，只在梦中

你爱此地肥嫩如船的白藕

硕大如瓜的山枣

南人容颜，尚有一些

慈悲、安然和明丽

1134 年的金华，流离失所中的

一次喘息，一种停靠

人生能如此，何必归故乡

小令冠绝，如南方蓬瀛

如沈约的江滨楼阁

登高远眺，柔靡与婉约

也能道出郁结的悲楚

和一声旷达之音：

"千古风流八咏楼，

江山留与后人愁。"

2021 年

义乌

善哉，义乌鸦

来自天目峰巅的翔凤林

飞过了浙江[1]又春江

衔来霜菊、泥土

凝雪般的白沙细石

为颜乌的母亲修筑坟墓

孝子颜乌已哭晕三次

醒来三次，心已碎

你对他说：莫哭、莫哭

让我来帮你修个好坟墓

义乌鸦，白天修，晚上修

嘴巴伤了，烂了，滴血了

叫几声，继续修筑

义乌鸦，你又叫慈乌

从小懂得反哺自己母亲

世上没有比你

---

[1]浙江，浙江（钱塘江）的古称。

更吉祥、更孝顺的鸟儿了

你飞过的丘陵之城

如今是小商品之都

琳琅，繁华，喧腾

熙来攘往，蜚声海外

当人们陶醉于鼓胀的钱囊

穿越到前现代的横店古戏

不再记得六世纪前义乌

的本名：乌伤

2021 年

运河之岸

野花和芦苇，恋着运河
水草和浮萍，与时光纠缠不休

时光是一位中立者
运河之岸就是运河之爱

河水穷尽自己的旅程、远方
还有忽明忽暗的世代

人民在两岸劳作、住居
生生死死，生生不灭

2020 年

运河剪影

1

混浊的运河上
运沙船吃力地航行

像一座移动沙丘
承载沉闷雷声

2

一条河的法度
寂灭两岸风景

一条河的力度
勒紧逃离者一生

3

入梅，雨水不绝

天上的水和地下的水

茫茫一片，混淆不清

运河水，懒洋洋躺在微澜里

当雷声滚过河岸、田野、房舍

仿佛受了惊吓，水从缸里

突然站了起来……

4

孩子们扎下猛子，受惊的

花鲢和鲤鱼，跃出水面

老甲鱼爬到岸上纳凉

萤火虫飞来飞去，聚集到

冬羊草上，闪闪烁烁

装在瓶里就是夜读的灯盏

清明前后，油菜花明丽两岸

桃花，梨花，开了又谢

落在水面，缓缓飘走

一位老人坐在河边垂钓

半天不动，一无所获

一尊夕阳下的雕塑在垂钓

他有足够的耐心，钓起

一些落英、一点旧时光
也仿佛，能将小时候
两次差点淹死的我
钓到岸上，救活……

5

头蚕罢，运河两岸忙碌起来：
麦子要掼，蚕豆要敲，菜籽要揉
水田要插……稻草人忙于驱赶麻雀

蚕宝宝，从竹匾来到厢房地上
蠕动变慢了——它在等待上山、结茧
而现在，还得警惕冬眠后饥肠辘辘的蛤蟆

忙碌，流水的仪式；噪声，并不意味着
乡音的懒惰、无力、瘫痪
半夜响雷、闪电，突然的暴雨
参与到我年少的体能和累趴下的秧苗

6

从前，运河上的闸官、漕卒、船丁晓得
一条负重前行的漕船，对应天庾星
"天庾积粟以示稔。"舟楫往来

北上仓廪，承接星河碎银
即便一首哀叹漕运之苦的唐诗宋词
都有一个宇宙模型在建构、运转

而今，运河累了，天人早已分离
新的可能的诗篇，必须朝向内心
去发现洪荒之水、沧海之粟

7

河边有一棵老桂树
还有一棵枇杷树
构成一个儿童乐园

摘去全身沉甸甸
金灿灿的枇杷
肥厚的树叶
噼里啪啦地鼓掌

枇杷叶为何疯了似的鼓掌？
因为闷热、懊恼的风
还是无果一身轻？

8

一位老人

在河边桑树地里割草

我问：是给湖羊吃的吧？

他纠正道：给我的咩咩吃！

9

我梦见我赤身裸体

走向平静的运河

怀抱一颗盛夏之心

我梦见我溺亡于运河

一个水鬼兼木乃伊

开始用瑟瑟枯叶说话

也用低低雷声

滚过水与沙两个故乡

10

退藏于密

退藏于一滴运河之水

一滴故乡水，打开近和远

以及，绵延不绝的万古江山

像一位久远的逝者
我不在水色中显现一丝涟漪

11

我从运河边
拆迁后的宅基地上
拉来一车泥
又在村里找到几种野花
种在盖房用的几块空心砖里

野花种活了
仿佛新居有了根基
仿佛我，再次续上
中断了三十年的故土血脉

12

收割后的油菜躺在河滩上
五月的雨水和艳阳，两种裸晒

线形果静静爆炸，射出须弥芥子
草本，花泥，未来油脂的混合香味
一次次打开贫寒、寂寞的早年

河水浑浊，如初榨油的滞缓流淌
但足以让我辨认自己混沌的起源

2021 年

西塘

银嘉善，西塘之暗
可藏碎银，藏一条摸奶的石皮弄
和苇丛中昼伏夜出的太湖强盗

暗和银，小镇哲学
散发芡实糕、小馄饨的滋味
富人们忙于藏银，穷人的
好心肠，露出憨厚的笑

再藏一部《碟中谍》
汤姆·克鲁斯，在蜿蜒的廊棚
一把江南最长的雨伞上
疾飞如电，像发情的公猫
将瓦片弄得稀里哗啦

银，石桥上雨水密集的脚步
老宅抽屉里遗忘的一对玉手镯

驳岸的波光，石臼里
渐渐暗下去的天色

暗和银的水墨，在西塘荡漾
翻过柔软一页，到达罗星和合
大雨滂沱，抒情泛滥
那么轻易地抹去
1961 年的饥馑和苦难
（——初夏，与晓明、剑钊、江离、飞廉、敏华、建平诸友同
游西塘）

2021 年

茶耳

茶耳醒来——
辽阔的粉丝大展宏图
葛根粉、红薯粉、洋芋粉、玉米粉
裁剪了江南的绵绵细雨
然后像细小顺滑的泥鳅
一条条从土陶餐盘里溜走

茶耳竖起肥嘟嘟的耳朵——
在听力上它略显呆头呆脑
但还是听见了山间鸟鸣、林中鸡叫
甚至听见茶果落地
压榨、冷萃、提炼的声音

作为血耳的兄弟
和近义词，茶耳说：
"让茶油去往美妇人的厨房，
而果壳和油渣，就回到茶园吧。"

2021 年

橘颂

1

从梦里递来的一只柑橘
仿佛来自星辰璀璨的太空
带有呼吸、体温和心跳

2

芸香科的女王
兴致盎然，照耀远途
统领着橘、柑、橙、柚、枳……

3

"橘生淮南则为橘，
橘生淮北则为枳。"
生南，生北，不重要
生东，生西，属天命

今天，她又叫红美人、黄美人

代代花、不知火、明日见……

这命名学的种种花招

无法扰乱她甘甜的真相

4

当你梦里递来了柑橘

我则梦见运送柑橘的飞船

陷入泥淖，不可自拔

但轻轻一推，飞船又启动、翱翔了

牛年，好像身上藏了一个安泰

5

一只远方的柑橘

跋山涉水，风尘仆仆

比岭南的荔枝走得更远

比贵妃的期待更加热切、娇蛮

6

清晨，正念冥想

柑橘，光束里的静物

如江南桂子落空坛

如塞尚的苹果

可以颠覆整个巴黎

当它重返枝头

就是广袤大地上的灯笼

汪洋大海里升起的灯塔

7

我们互递柑橘，致以祝福

世上的人啊，愿柑橘的

吉祥之梦，与你相随、永伴！

2021 年

是瓦片开花的时候了

梅花败落和玉兰花开之间
有时辰中唯一的空旷

钱塘周末，空旷和静谧
从无人的图书馆蔓延开去
一张空椅占有整个下午

是瓦片开花的时候了
雨中的白骨头、脆骨头
迁徙，往来，影影绰绰

长眠于红曲酒中
从一只老坛子看世间
人情物事，婆娑显影

2021 年

在平阳

群山庄严，风景无边
山中秋虫，彻夜低吟浅唱
公鸡的高音破晓之后
我听到茶园里一只小鸟吹起口哨……
格桑花来自高原，身披江南露水
山茶果却是土著，晨光里
铃铛般轻轻敲打
凤卧，水头，腾蛟，南麂……
几个地名，在稻田和甘蔗林
木楼和石头房子
以及独木成林的榕树间闪现
地方即无地方，可以反观旅程和内心
平阳即世界，让世界多出一个爱的理由
——让乌拉草鞋漂泊鳌江
穿越竹林、柚子园
东海浪花拍打日出的海岸
风景和爱意，漫过南雁荡浩浩的群山！

2021 年

严子陵钓台

林蛙聒噪，更显钓台幽静
江水不息，衬托时光绵长
当严光的脚丫搁在皇帝肚皮上
他的臂膀和头颅在哪里？
刘秀的步履又去了何方？

燕蝠尘中，鸡虫影里
唯留下，这一帧幽坐独影
当严光钓到一尾春江鲥鱼
他的柴火已淋过几场暴雨？
空空鱼水之欢又流到了哪里？

云山苍苍，江水泱泱
烟林蓊郁，足以放下此生荣辱
当严光活成了《富春山居图》
大痴道人的笔墨如何开篇？
先生之风还在今天吹送么？

2021 年

聚会

看上去热热闹闹的聚会
迟到、卖傻、买醉、自言自语
都有各自充足的理由
无须辩解和阐述

看上去快快乐乐的聚会
由一群心事重重的友人组成
告别旧年，要聚一聚
只是一个过于正确的理由

新话不多，老酒却是好的
酒桌散去，就投身南方的寒夜
缩头缩脑，快速钻进地铁站
转瞬，相互消失不见了

我们将回到各自的
被窝、巢穴和空无之蜜

2020 年

鱼鳞塘

淡的河水，咸的海水
在鱼鳞塘激荡、交融
一位瘦少年，将它
视为内心的丘壑

——潮涨潮落
只为浇灌世上的块垒

过江之鲫，如少年
和他的一群梁山伙伴
如杭州街头的我们
拥挤，孤单，恩爱

死去的沙蟹已有几代
在塘底闪着幽暗磷光
傍晚时分的鱼鳞云
也逃不过东海之滨的

鱼鳞塘

——少年们晓得
只要找到一个出海口
就能得到一船
晶莹的海盐

鱼鳞塘没有尽头
鱼鳞塘只有开始……
（——赠李平）

2020 年

沉船

最早沉下去的，是疯子船 [1]
连同梆梆作响的竹杠声

然后消失了网船、彩船、拳船、
乌篷船、虾笼船、放鸭船、
踏自船、娶亲船、摆渡船……
漩涡哽咽，带走几只
晕头转向的菱桶

大驳船，吃力地开过来了
载一船水泥、砂石、砖瓦
也为我们运送
雨水、雷声和闪电

……似乎河流也要沉下去了

---

[1]从前江南水乡麻风病人居住的小船，起隔离作用。

桑园、香樟、桂花树升起来了

枇杷和油菜，早早做好越冬准备

我儿时手植的一株水杉树

高大挺拔，与高压电网的铁塔

看上去像一对孪生兄弟

这是我，必须认领的故乡风景

水很混，凝滞不动

水葫芦疯长，腐烂

一只白鹭，贴着水面

低低地，缓缓地飞

展翅的白，变得更白

清明过后，河滩上油菜花

波浪翻滚，熠熠闪耀

2020 年

蓝眼泪

介虫的化石
像孩子一样哭泣

是石头，也是微生的虾
是死，也是活

从人类的阳台看过去
大海消失于一片蓝色萤火

仿佛星海
跌落了

生死不明
回返、回赠这份非人间的蓝

捕捞一滴蓝眼泪
逃走了五月发情的大海

2020 年

木船和竹椅

两只木船，一只去了拱宸桥
一只去了黄浦江
男人们运回肥田的杭州垃圾
湖羊过冬的上海干草

一对竹椅，屋檐下变旧
雨水缠绵，编织此生的罗网
两位妇女就座、争吵
从下午到黄昏
比雨水淅沥，比河水悠长
最后有了越剧互诉衷肠的腔调

2020 年

礁石之歌

海峡对面

一首歌不停地唱：

为乾坤磨折了灵魂……

大海，看上去一败涂地

像一面破碎的镜子

苍茫，忽明忽暗……

我只有一首冰凉的哑默之歌

有时，巨浪替我歌唱

一两只海鸥，撒下滑翔的长音……

浮沫退去了

五彩贝螺，这些密密麻麻的乖孩子

在吮吸我的石头奶

我的心

忽然变得无比柔软

2020 年

带鱼之歌

大海是我的空气
适宜翱翔

一小群或一大群的同伴
飞过去了——
我们柔软、瘦长
但从不会纠缠在一起

一位名叫娜夜的女诗人说
海市蜃楼是量子纠缠
带鱼与海带、紫菜，也是

大海，苦咸的牧场
我们以星光的浮游物为食

有时看见死去同伴的尸骸
在海底闪烁幽幽磷光

我把它们看成另一种星光
——深渊之光

出水即死。我的死鱼眼
不忍看见美丽、辛劳
被太阳晒得黑黝黝的渔家女
不忍看见她们哽咽的
丧夫之痛

……我闭上了我的死鱼眼

2020 年

白鹭

三只白鹭站在龙头桥墩上
激流里一动不动
我以为是三个新塑的雕像

白鹭飞起来了
舒展，优雅，比白纸更白
波光里翩跹的倒影
几乎遏制了下午的流逝

它们停在一棵古柳上
用长喙细细梳理自己的羽毛
好像它们刚在河里洗过澡

运河畔长椅上
白鹭的粪便比白鹭更白
仿佛一位漆匠留下的痕迹
一对亲热的情侣

坐了一下午，刚刚离去

岸堤上有许多比白鹭更白的粪迹
斑斑点点，干干净净
我把它们看成
白云的涂鸦之作

2020 年

钱塘江

潮水如十万骏马
咆哮着驶向章鱼和巨鲸的墓园

月亮与大江旷日持久的角力
快要解开地球淤泥的绳索

2020 年

在黄公望隐居处

没有比月亮更古老的刑具
没有比群山更绵延的长叹

草木萧瑟，万象肃杀
雪落，如"薄粉晕山头"
四壁内的意象和减法在燃烧
笔墨，困兽犹斗的第二现实

不可痛失游侠吴均所见：
"风烟俱静，天山共色，
从流飘荡，任意东西……"
乱世春江水，魔幻般清澈

现如今，绞索替换了月亮刑具
天空唯余星光的荒草和鞭痕
通向山山水水还有一条
逃亡的小径，可能的小径

大痴暮年，尚有草庐里的小南天
或登眺，或凭栏，不知身在尘寰
卧游于绝世的山水长卷
隐者神圣的第四人称已然诞生
（——赠蒋立波）

2020 年

苍南

东海之滨，玉苍之南
可以改写成：
大洋之畔，苍天之南

当我们到达时
大海已退潮
像一张疲软的鱼皮
将浮沫、跳跳鱼
和禁捕期的渔船
滞留在沙滩上

餐桌上，马蹄笋和雀嘴
带来山海的消息
海燕翻飞，有些惊慌
似乎看到了盘中海蜈蚣

蒲城，一个远望的视角

翻过南边云雾缭绕的群山

是福鼎和亚热带的天空

苍南

在城墙上，我们谈到倭寇

伟章说，一群衣衫褴褛的难民

哪一处大陆，都回不去了

而我感到这些海上游牧民

如同穿越巨浪的一阵腥风

树不是倭，却能够靠岸、登陆

一株美洲仙人掌漂洋过海

已在碗窑村落户两百年

一株扎根石墙的榕树

活到了一百六十五岁

当鹤顶的火山死去

杜鹃花却越开越旺

有人将它比作"岩浆之花"

模糊了地质学和植物学的边界

在苍南，时光拥有另类的形态

要么是霞关老屋攀缘的苔藓

要么变成鸡笼山结晶的明矾

要么化为一座废窑里的釉彩……

渔寮的月光下
王孝稽一袭白衣
像来自山海的祭司
举起祖传秘方的杨梅酒
此刻，大海是沉睡的美人
或者，安详如墓园的摇篮

2020 年

洞头

离岛不孤，海上成群

像三百零二艘大船小船

漂浮于无尽的、颠簸的蓝

风平浪静的时候

捕鱼船开足马力

起航，深深划伤海面

——海，迅速愈合自己

海，每天都是恢宏的开篇

贝螺中的涛声

要用一颗心去倾听

滩涂上的小生灵

请再忍耐几个时辰

浪花和故乡还会回来

日落日升，潮起潮落

海，依旧是

渊薮、脊背和屋顶

依旧在取代天空的形而上地位

带鱼与藻类、星光纠缠不休

一再从本我变成无我

雾中望海楼不是主体塔

像失魂的怀乡者

接住大海投来的苍茫一瞥

（——赠余退）

2020 年

贝雕博物馆

九亩丘上煮海盐

这是古人的劳作图景

虎皮房里养贝壳

才是今天的天才构想

巫的案几，鲍贝和鹦鹉螺发出幽光

木头兽脚，穿过越南、菲律宾雨林

到了洞头，以为已是海角天涯

甚至波浪、涛声和天空

也一起来到陈灿渊的密室

夜光螺叫板夜光杯

但螺钿的《心经》

并不反对和一幅女体悬挂一起

童子们的手工时代

在一堆七彩贝壳中重塑天真

艺海无涯，深海拾贝
泅渡和凝视都是另类的垂钓
当羊栖菜像美人鱼发丝拂过海面
吉尼斯的砗磲代表大海之心

海岸线诗人进入贝雕博物馆
像一群鱼潜入大海的史籍
中年的泥马，仍在滩涂疾驰
啊青年，这些润唇凤凰螺
静卧海底的发射器
要赶着与一头蓝鲸去约会

2020 年

无尽夏

从暮春到夏秋
这段漫长的怒放时光
可以编入虎耳草目

内心的因与果
就像土壤的酸碱度
决定花朵的颜色：
白，蓝，或粉色

在南方，和风赠送细雨
愁肠却一再被修改
雷声和闪电
则是萼片中的错愕

"从人群中分离出来，
终于和自己在一起了；
唯有一缕隐约的芳香，

可以治愈残余的孤寂。"

绣楼小姐也是现代派
一把美人扇留住流逝
一只心跳般的炽热绣球
如何击中远方的滚滚雪球？

古与今，如东西难辨
花魂，自有亘古的乡愁
如果明尼苏达即"北星之州"
无尽夏，就是"有限秋"

2020 年

一闪而过

旅途上涣散的时刻，读诗

用词与词的碰撞，重建内心……

此刻，高铁车窗外

一闪而过湿漉漉的平原：

河流、桑林、稻田、农舍……

断断续续，读李以亮寄来的

扎加耶夫斯基的《无形之手》

"有时我以为我们不存在，

他人才存在……"

当你沉浸、回味这样的佳句

窗外可能已是戈壁、绿洲

白杨、果园、落日一闪而过……

当你从远方抽身而出

曾经的边地和亲人们世居的南方

是同一个地方吗？

而残暴的历史和貌似安静的现实

却是并置在一起的

163

此刻窗外，一闪而过的还有：
此岸，彼岸；天空，深渊……
梅雨的炎夏，一边日出一边下雨
不是伞、树荫和空调器
而是一首异国的诗，安抚了你

2020 年

是和不

在西域，有人对我说：
"边疆处处赛江南，
上海、杭州太偏僻了。"

在江南，有人对我说：
"上有天堂，下有苏杭，
这里插根筷子都能长成大树。"

在他们迷瞪时，我说"是！"
在他们清醒时，我说"不！"

在他们背井离乡时，我说"是！"
在他们故土难离时，我说"不！"

2020 年

把一株青菜种到星辰中间

把一株青菜种到星辰中间

那里升起几缕原始的炊烟

太阳里养猛虎，月亮上种桂树

几乎是剧情里的一次安排

当一株青菜种到星辰中间

世界就可以颠倒过来看

倒挂的蝙蝠直立行走

它们的黑已被流言洗白

山峰低垂，瀑布倒悬

大江大河效仿了银河

亡者苏醒，像植物茂密生长

而地球的流浪渐行渐远

人间事，不过是菜圃里一滴露

2020 年

此刻

此刻，西域在下雪

我在江南落英中

玉兰、梅花、茶花谢了

天气转暖，蛰虫出游

此刻，西域在下雪

牛羊挤在棚圈里取暖

荒野上饥饿的狼在觅食

我在江南剥笋、吃咸肉

一杯绍兴加饭，敬给

远方兄弟姐妹的葡萄烈焰

当鼓声和热瓦甫响起

我听到大地胸腔里的歌：

"大麦呀，小麦呀，

由风来分开；

远亲呀，近邻呀，

由死来分开。"

此刻，西域在下雪

我在江南油菜花田走过

像年幼的踉跄，追逐

飞舞的蜜蜂。我举起

一束燃烧的油菜花

接纳了西域的雪花

——我爱雪花胜于爱鲜花

——我爱！寒冷的结晶

——我爱！从两种时间

爱一个天涯咫尺的世界

一个碎了又归于完整的世界

2020 年

解救

深山。寺庙
洁白的玉兰花
肥嘟嘟落下
瞬息化为脚下的泥

几根荆条般的
光秃枝丫
从天空递过来
解救她
于缭绕的云雾
和翻山越岭的劳顿

2020 年

乌镇

十二岁，走三十里路
过二十几座桥
去乌镇拍一张小学毕业照
吃一碗热乎乎的馄饨
如今，飞过八千里程
干旱的人落进江南的湿
离散者，捡起一片
记忆的残瓦，看一眼
财神湾一匹绫绢般的水面

五十年后，老木心回来了
徘徊在面目全非的祖宅
"一枝狰狞的枯木使我惊诧，
我家没有这样恶狠狠的树的，
我离去后谁会植此无名怪物？"
"五十年无祭奠无飨供……
魂魄的绝灭，才是最后的死。"

乌
镇

我们来了：来的是流水的客

乌墩，青墩，东栅，西栅

茅盾故居，昭明书院

三白酒，姑嫂饼……

我们走了：走的是流水的人

不带走唐代银杏的一片落叶

2016 年

在西湖鲁迅雕像前

雨下个不停
游人和公交车行色匆匆
谁也没有太多注意你
你背对西湖而坐
抽着烟
静静思考问题

老兄，你一直没有时间笑和玩
现在天下雨了
我想和你去喝杯熏豆茶
还想劝劝你
抽烟对身体没有好处

1986 年

第三辑
漫江南

河下西游记

西，鸟在巢上，日在西方
先辈弃文从商，攒下一条船舫
射阳山人园子，船舫静卧如龟
水泥洞里藏卫厕，超级女声
反复在唱："什么妖魔鬼怪，
什么美女画皮……"

西，竹巷老街，魁星阁的日头
韩信胯下桥，钓鱼台，古枚亭
小镇大盆菜，油端辣汤
午间觅食，烈日下，独自的
河下西游记，通告女店主：
"来一碗杠子面，加辣！"

西，里运河沉静，波澜不惊
疯长的菖蒲、芦苇，仿佛割断了
与南北水脉、运命之河的血脉

驸马巷里，种过柽柳种石榴

勺湖晃荡几勺清水，淮扬大厨

怀揣勺子背井离乡、游走天下

西长街不长，刘鹗故居紧闭

另一端，乌鲁木齐新中剧院的

临终寓所，早已化为乌有

——魂系归来兮，老残！

明祖陵，高祖、曾祖、祖父

终于在地下相聚一堂了

水世界，繁华一时泗洲城

洪泽湖里一觉睡了四百年……

西，从秋，从羊，从口

西极马故乡，西王母瑶池宴

细君歌哭，铁木真挥舞上帝之鞭

热啊，冷啊，渴啊——

西瓜西来，葡萄、无花果西来

和阗的巴扎，喀什噶尔的麻扎

克孜尔的石窟，楼兰的佛塔

古尔邦待宰的无辜羔羊

奴鲁孜报春的骄傲公鸡

哦，荒漠甘泉，戈壁绿荫

小河的太阳墓，光芒万丈

帕米尔的石头城，梵音颂唱

西，迢迢黄沙路，通天金箍棒

大海道，粉骷髅，玄奘报道：

"上无飞鸟，下无走兽，

遍及望目，唯以死人枯骨为标志耳。"

大小龙池，神龙与母马的相恋

阴阳大交合，孕育一匹白龙马

远与近的相对论，大与小的辩证法

金箍之小即为大，又复归于小

诚如沙即为漠，漠即为沙

七十二变，一个筋斗十万八千里

仍是取经路上风尘仆仆行者一个

花果山天真地秀卵石一枚

今天六一，每人身上住一个孩子

只是，这个顽童已垂垂老矣

躺平和起来的时代，人们心里

都有一个孙悟空，只是，美猴王

已回到虚窗静室的水帘洞

西，呜呼，"胸中磨损斩邪刀，

欲起平之恨无力。"

天上，人间，乐土，苦地

五鬼，四凶……神魔鬼怪的

隐形权力结构，两位尊者的受贿记

那烂陀的留学生，如来佛的手掌心
沙粒不识字，六百部落水真经
请用西域太阳将它们晒干、整理
……意马，心猿；趣内，骛外
水与沙，已在经卷中互认、合一
魂系归来兮——，承恩西游之魂
随唐僧归于东土：小尘世，大西天

2021 年

清江浦

南船北马，舟来楫往
老坝口，很老了
迎接的都是浪子归来

水，浑浊不堪
不能一饮，如诸世纪
颠沛流离的命运
——命定，然后运命

——命系水脉
系时断时续的漕运
在北方，硕鼠和皇帝
都爱南方大米

水，混沌了天地
水，已不是水
是声声马蹄、杂沓脚步、滚滚车轮

是昼夜不息的输运

和催命……

2021 年

娃娃井

清江浦的风，起自运河
快一阵，慢一阵
携带一点大海的腥味
仿佛从太平洋对岸吹来

沉闷的国度，受苦的人民
父母的奔忙、镇定和祷告
被雨水打湿的《赞美诗》
一位异国孩子的启蒙课

石码头。说书人，卖药郎中
从家门口的娃娃井边走过
孤单的银杏树，已活过百岁
似乎成为父母深扎异国的理由

她牙牙学语，说出的第一句中文
是淮安话的"骂骂（妈妈）"

而爸爸，从来不是易怒的"咧咧"

扬州城里的月宫镜
比不上淮安郊外一口娃娃井
坐天观井，她见过井底青蛙
喜气洋洋的红肚兜男孩
敲锣打鼓，迎娶鲤鱼公主

妈妈告诉她，井的深处
更深处，地球另一面
就是老家弗吉尼亚

她趴在井口久久俯瞰
看见了两个自己：
赛珍珠，珀尔·巴克

2021 年

御码头

热爱琼花的人民，收回乾隆御码头
仿古龙舟静泊河道，金碧辉煌，无所事事
皇帝的行宫，只需留下几块暗红的乱石

水包皮的人民，一早进入冶春茶社
花社也好，茶社也罢，适宜冶炼扬州慢
一把悬空壶，水流疑是银河落九天
煮干丝、叠汤圆、鸭血汤、三丁包
水绘阁、问月山房的早餐热气腾腾
草顶水榭，衣香人影太匆匆
老人们坐下来，听一出快要失传的淮扬戏
花鼓戏和香火戏的杂种，从前娱乐神灵
如今娱乐退休的人民、河畔几棵古柳树
一个更老的老者，颤颤巍巍穿过人群
随身音响大声播放朴树的《白桦林》
他拄着拐杖，眼里满是警觉和傲慢
莫非他先辈死于遥远北方的某个战场？

三把刀的人民，在扬州纷纷立地成佛
进入码头另侧天宁寺，在"深深的丛林"前
放下自己，用谢安的山水初心
曹寅刊刻《全唐诗》的耐心
祈愿人间"万福""天宁"

2021 年

驼铃巷

十年一觉扬州梦
南柯太守做梦数十载
已到了第几觉？

芝麻开门，槐树开门——
向着树洞狂奔几十里，渐行渐远
梦便是真，而浮生
却是幽梦、乱梦、长梦

所谓康乾盛世，所谓 High Qing
八怪兄弟为何仍向着树洞之梦狂奔？
八怪不怪，只是秋风霸道
扬起他们缤纷的乱发
"笔墨随当代"
"无法而法乃为至法"
扬起的石涛旗帜日日新

小巷半里，僻静，破旧
几根水泥电杆之间，胡扯着
几团乱麻似的电线
金农寄居处的银杏七百多岁了
——唐古槐，今安在？

骆驼客，今安在？
西方寺，今安在？

2021 年

普哈丁园

雨中，池塘蛙鸣，箬叶哗然
湿漉漉的石绵羊看上去十分温顺
先贤穿越沙漠而来，停靠运河东岸
信仰的谦卑枝条上，金丝桃谢了又开
元代银杏树，被雷电劈死一半
另一半起死回生，枝繁叶茂
正如普哈丁的另一个译名"补好丁"

2021 年

鄂多立克[1] 在扬州

托钵僧鄂多立克追随马可·波罗足迹

从意大利弗里乌黎省来到中国蛮子省

船靠泉州，城里有偶像一万两千尊

热腾腾菜肴贡品熏得偶像们满头大汗

福州母鸡洁白如雪，脱尽羽毛

全身长一些山羊绒般的细毛

福州以北，穿越南方崇山峻岭

阴坡动物黑色，阳坡动物白色

再北上，来到"天堂之城"杭州

一万两千座大大小小的石桥

呼应泉州的一万两千尊偶像

鄂多立克爱上米酿，尤爱红曲酒

---

[1]元代来华的欧洲旅行家中，鄂多立克（1265—1331）的影响力仅次于马可·波罗。他是意大利弗里乌黎省波登隆埃县人，自称波希米亚人，很早就加入方济各教会，过着清苦的托钵僧生活。1318年，他开始东游，1321年经西印度，由海道抵广州，此后7年他在中国游历，到达过泉州（刺桐）、杭州、南京（金陵府）、扬州、北京（汗八里）、山西、西藏等地，后经中亚、波斯返回意大利，1331年1月14日死于家乡一个名叫乌丁内的小镇。《游记》（汉译《鄂多立克东游录》）是他的临终病榻口述，由他人笔录而成。书中对中国南方（欧洲旅行家所说的"蛮子省"）的风土习俗，有许多生动有趣的记述。

在钱塘江畔，看鸬鹚捕鱼入了迷
男人们赤身裸体，一会儿跳进热水桶
一会儿跳进江中徒手捕捞，如此反复
过金陵城，波希米亚人鄂多立克
来到马可·波罗曾经生活三年的扬州

在扬州，他见过邗沟里的小扁舟
长江巨船，石灰涂刷，通体雪白
扯起的风帆，常高过天上的云朵
他品尝过东关街的烧鹅、汤圆、毛蛋
汤圆太滑，毛蛋里的小鸡令他胆战
鄂多立克读不懂雕版上的反字
却爱看寺庙里的怒目金刚
与高僧大德们相谈甚欢
他来到运河东岸的普哈丁园
这里的幽静自成一体、恍若隔世
他在耶稣圣心堂与牧师讨论上帝
在蜀冈看全真派道士炼丹……
清风，月色，微雨……几种信仰
在扬州和平共处、相安无事
却在鄂多立克内心冲突、厮杀
激起大洋大湖般的重重浪花
他穿街走巷，昼夜游走，无法停止
有时赤足，有时身披粗布和铁甲

马可·波罗吹嘘担任扬州总管时

曾有十四个美女陪他吃饭

而在纸醉金迷的多宝巷

鄂多立克看到五十个美女

轮流为一个盐商巨贾喂食

巷内枇杷成精，诗人喂养的花猫

阉割后懒洋洋躺在地上，像一团丝绸

猫的躺平主义，有待国际歌喊它起来

扬州的盐巴太多，可用来建造一座白塔

盐巴白塔真的建起来了

鄂多立克将它看作水上巴别塔

紫藤巷的狻猊镜暧昧、恍惚

他看见马可·波罗的几个化身

有时是马背上驰骋如电的蒙古人

有时变成两重城里徘徊的南蛮子……

离开扬州，浪迹的鄂多立克继续北上

在大都生活三年，仿佛要与同乡的

扬州三年，形成中国跷跷板上的平衡

他到过忽必烈建造的草原大都

吃过腹中藏有小羊羔的甜瓜

穿越山西、河西，到达西藏

将天葬仪轨讲给欧洲人听

他下得高原，经中亚、波斯返乡

一心打算退隐到意大利荒野中去

却染上重病，回到自己的出生地

弗里乌黎省一个名叫乌丁内的小镇

他虚弱至极，油枯灯灭

留下这份简短的临终祷告——

"我愿死在我游历过的神奇国度，

蛮子省，福州，杭州，扬州……

如果这样死去能使上帝感到欢喜。"

（——赠扬州诗友卞云飞、小南、孙德喜、布兰臣、袁伟）

2021 年

夜读东太湖

日读南太湖，夜读东太湖
日读落日，夜读明月
日读地方，夜读无地方

一首吴歌里，诗人试图阻止
南朝的落日急遽坠下
而在另一首诗里
又让同里湖浴后的月亮
缓缓升起

这个瘦削的
徘徊八百里湖畔的
江南子啊
居然把一轮姑苏的灰月亮
弄得亮亮的、圆圆的
（——赠苏野）

2021 年

敬亭山

一千多诗篇
为础，为石
垒筑起一座小小的山

双塔与牌坊，两不厌
庵与寺，两不厌
笋与竹，两不厌
杜鹃与茶园，两不厌
众鸟与孤云，两不厌
李白与幽深林壑，两不厌
石涛与册页罗汉，两不厌
笔墨与宣纸，两不厌
我和你，两不厌

吟哦，默诵，或长啸
登攀，倘徉，或幽坐
谢朓以来，数百诗人

寄情皖东南山水
各自跌宕起伏的命运
似丘陵、流水，汇聚到
一峰、净峰、翠云峰

是超然于时空和物外的
幸存至今的众多诗篇
改造了一座低矮的无名山

2021 年

羊毛溪

溪水再少
细如羊毛、毫毛
也能形成一方水域：
丘陵石槽里的一泓清澈

皖东南，窑厂村，出石涧春和
上李董路，就到了水库边
油菜、玫瑰、樱花已谢
绿茶正是采摘季
无名野花，繁星般璀璨
延宕了又一个阴雨天

茶园边，静谧的松树林
杂草丛中新立的水泥墓碑
一条独自玩耍的小黑狗
它的孤独是黑色的
一只雄赳赳的花公鸡

它的孤独是斑斓的、骄傲的

已是下午时分
万物看上去都有点慵懒
而公鸡的高亢啼鸣
仍在一再唤醒溪水的
潺潺、汩汩、淙淙……
（——赠方文竹）

2021 年

端午怀屈原

把生，包进粽叶

死，就隔绝在外了

糯米的生，嵌入簌新的祷辞

嵌入蛋黄、豆沙、红枣、莲子……

这自然、生灵和咏叹的生生不息

要用汨罗江的水去滚煮

再去黄河、长江泅渡

去大洋、瀚海沉浮

配以艾草和雄黄

配以橘颂、美人

怀沙、国殇、礼魂……

屈子，登昆仑兮食玉英

我们坐在江河湖海边

虔诚地吃粽子

粽子，是我们歌哭的离骚

亡者归来，才是真正的不朽

2020 年

登岳麓山

百岁女贞、皂荚、香枫、枳椇

遒劲突崛，八百岁古樟不太苍老

只有麓山寺内，弥勒殿前一棵

一千七百岁六朝罗汉松，活过了

春夏秋冬、宋元明清

仿佛书卷与简牍的先声

湘江西岸，山秀，木茂，泉清

半学斋，咏归桥，屈子祠，爱晚亭

水脉，地脉，文脉，道南正脉

下学上达，性与天齐，学达性天

已乎盖欲成就人才

以传道而济斯民也

与其把聪明智慧交付给

蠹虫，不如罗典山长

用扫帚一笔草书"福"字

朱张会讲，三日夜而不能合

却如林中奇鸟，嘤鸣求友

长沙星，长沙水，长沙渚

登赫曦台，手可摘星辰

付之东流森森江水……

烟云，晚霞，夕光

婆娑树影，锦簇花团

隐去翻风啸云的岁章

和千年书院的身影

——尘中客，怀古士，谁能寻得

云麓宫里的莽苍、朝露和君子心？

2021 年

渡渡的逃亡

在长沙名刹麓山寺一株

一百五十岁的翅荚香槐前

我们共同研究了半天

老树皮鱼鳞般剥落

裸露光洁如玉的主干内里

细小的枝丫旁逸、斜出、鲜活

蓬蓬勃勃，攀缘而上

擎天两根 V 字形枝干

一半已死，锯掉后

露出一小块瓦蓝的天空

另一半仍替死活着……

"不可能只有一百五十岁啊。"

晓渡兄将香槐与旁边的百岁香枫

进行了比较研究，得出判断

"至少是香枫爷爷的爷爷的岁数吧。"

他忆起，一次在苏州拙政园

黄昏时遇见一株八百岁的女贞树

站在那里，久久凝视
生命的恒久与短促百感交集
但后来，竟有点害怕了
因为他看到了树的眼神和孤魂
看到了旋涡、深渊、黑洞……
"我仓皇离去，坏了一个鞋跟，
快速逃回了西施大酒店。"他说

2021 年

贾谊故居

太平古街青石铺地，一片热闹太平

庆银坊，油炸社，肯德基

对面是重建了一百多次的贾谊故居

一切都是新的，恰如其分的

只有石床和长怀井是旧物

曾让杜甫、李商隐长怀不已

我和韦锦读过《吊屈原赋》《鵩鸟赋》

再读年谱，读到最后一行：

"汉文帝十二年，

谊三十三岁，忧郁而亡。"

这时，感到故居开始暗下来

只有天井里一棵含笑树含笑吐芬

馥郁的香味，与古街的喧腾

长沙臭豆腐的满街飘香

保持了恰当的游离

2021 年

致音乐家代博

为群山、草木、花卉、小瓢虫谱曲
就是为木卡姆、马头琴、裕固摇篮曲赋形
听歌德、尼采，听庄子梦蝶
如巴赫、肖邦的旋律在内心回响

博尔赫斯失明了，他的头脑
变成一座布宜诺斯艾利斯图书馆
而你，获得了一座非凡的音乐圣殿

长沙西湖，你抚摸春日暖阳中的垂柳
脸上绽放孩子般的纯真笑容
又像波切利的疗愈，来自蔚蓝的地中海

马王堆博物馆，煜涵姑娘
用指尖的温柔，在你背上画各种图案
你渐渐看见了地下幽冥世界的
琴瑟和九个太阳

2021 年

虢大湾墓园

一百二十个先人，长眠于

杜鹃花、红桎木和金边四季青丛中

也在水塘传来的阵阵蛙鸣里

石碑上，镌刻他们生前

一句最朴实的话

青翠菜园，庭院式湿地

几位老者坐在屋檐下聊天

东一句西一句，东家长西家短

当他们默默无言时

仿佛在与地下的亲人对话

大泊湖畔，清明前恣肆的油菜花

迷迭香的香气，从隔壁福塘村飘来

除了莫斯科郊外的新圣女公墓

我没有见过比这里更明亮的墓地

一百三十个预留席位

也请为徘徊异乡的人预留下！

2021 年

黑石号

归来的不是爪哇海的黑石号
而是沉没海底千年的美器和碎瓷

水盂里的海腥味、粟特之风
碗底的"忍""坐看云起时"

黑石号在一朵莲花中入定
在飞鸟纹和云气纹里升起风帆

归来——，回到土火之艺的开篇
淬炼汉字、阿拉伯文和唐代釉里红

我仿佛看见黑石号浮出海平面
驶过太平洋、长江、洞庭湖
沿湘江逆流缓缓而上

黑石号驶向瓦渣坪、石渚塔

投身铜官窑的火焰

像泥坯之船，淬炼，涅槃重生

2021 年

在弘一法师圆寂处

小山丛竹，晚晴室
朱熹讲学时的不二祠
病与药的不二法门

两口古井，一株百岁阳桃，空
三间南洋风格的红砖房，空
改建后的人民公园，空

草坪上奔跑的两个小男孩
提醒遗存的此刻：
一阵微风，携带冬日暖阳

青涩的绿藤
沿一株枯死、内脏裸露的
龙眼树，默默攀爬……

美誉浮名，情丝恨缕

愁万斛，且收起……
啊，悲欣交集……
一种相互缠绕的，空

舍利子，却分开了
一半留在清源山
一半去了西子的虎跑

……1960，晚晴室改成精神病院
一甲子过去，我站在大师圆寂处
生锈的铁锁，生锈的铁栅
严闭、内视的门窗
朝向越长越高的当代丛林

上个世纪的劣质玻璃
浮现我清晰的影子
——我的影子被关起来了

影子即肉身

2020 年

净峰寺

在惠安，车过净峰镇

小叶榕美髯飘飘

青皮木棉在冬日里开花

"蚝哥蒸生蚝"的招牌一闪而过

我忽然陷入对海上塞壬身体的

神秘主义想象……

戴口罩的导游伶牙俐齿

封建头，民主肚……

闽南话，肚脐——"财"

姑娘时藏起来

结婚后大大方方露出来

凸肚脐，小心漏财呀

凹肚脐，财源如海，滚滚而来……

大巴在净峰寺前停下
入寺便见一株烧焦的柘树
和弘一血书：三省

2020 年

异乡人的墓园 [1]

只有石头记住了他们

在大海上九死一生

在陆地上再死一次

一切都消失了

只有墓碑石和挡垛石

还记得他们

清净寺 [2]。"……这是异乡人的坟墓，

法蒂玛·宾·哈米迪·哈杜里，

于……6 月 20 日。"

"人人都要尝死的滋味，

先知（愿他平安）说：

'死于异乡者，即为壮烈之死。'"

---

[1]通过海上丝路，历史上曾有数十个国家的侨民来到泉州，经商、住居、生儿育女……他们大多客死异乡。侨民们信仰多种宗教，印度教、摩尼教（明教）、基督教、伊斯兰教等都有遗存，"光之城"成为多元文化荟萃之地。

[2]清净寺是我国现存最早的一座清真寺。

意大利人雅各·德安科纳所见：
印度人以蔬菜、牛奶、米饭为食
不吃鱼和肉。消失的延福寺 [1]
残破的狮身人面像留下了
婀娜湿婆，继续变幻着
林伽相、恐怖相、温柔相、
三面相、舞王相、半女相……

来自沙漠的伊朗人、叙利亚人
劈波斩浪，驶向另一个瀚海
带来摩尼的"大力"碑 [2]：
善与恶的二元论
光明与黑暗的博弈、角力

如果神祇依旧不够
异乡人就和闽越人一起
请来本地的海洋之神：
妈祖、观音、龙王、阴公、吞海……

一代又一代，如落叶凋零
如陆上碇石，背靠并扎根海岸

---

[1]延福寺曾有一个石雕，与印度教男性生殖器林伽崇拜有关。
[2]摩尼教的"大力"残碑，现保存在泉州市海外交通史博物馆。

看舟楫往来、顺风相送、牵星过海

——向海而生？

大海，正从另一个时空归来

异乡人，他们的一地残碑

如石浪，激荡，启动，开始……

2020 年

金泽

枕水而居，醒来，看见波光里的紫石桥
和消失不见的半镇寺院
檐下灯笼可以熄灭了
梅居士、马博士……这些表情好看的人
日月是亮在心里的
像细雨那样无声润物
昨夜，熊姑娘说起雪域的嘉阳乐住仁波切
供养残疾儿、小赌棍、盗牛男孩
修行者在山洞里一年只吃一袋糌粑……
我没有高原幽谷，只有平原流水
但当一池清潭在初冬的窗外扎根
也足以去供养枯叶朽木、污泥浊水

2020 年

兔子

一只兔子与乌龟为伴
喜欢按兵不动
另一只兔子与小鸟为邻
渐渐长出翅膀

兔子的眼睛红红的
因为它看出去的世界
是被大火烧过的

金泽左岸的四十二座寺庙
仿佛还在日本人的炸弹下
燃烧、解体、倾塌……

劫后余生的两只兔子合二为一
变成一只本来模样的
我们能够认领的兔子
如今，它以落叶和流水为食

在隐士和修行人的小镇
兔子没有自己的天敌
但它仍在穿越迷宫般的坛城
频频返回心惊胆战的原点

阿弥陀佛

2020 年

锄经园 [1]

不能直截了当言说

就曲里拐弯痛快吧

——不如归去!

千里舟楫,需要停靠的河埠

拱桥塔影,对应水乡泽国

太湖,这震泽

水的牧场多么辽阔

那些呼啸、驰骋的强盗

大概消失在星空了

——不如归去!

弱水三千,只取一瓢饮

江南之大,两百平方米足矣

铜锣和锄头,我爱沉默的一个

在大象园林和麻雀园林之间

我毫不犹疑选择了后者

假山瘦石,紫藤老桂,梅花半亭

[1]锄经园位于苏州震泽古镇,是江南最小的园林,面积两百四十平方米。

可谓芥子须弥，五脏俱全
一条幽径通向米行码头
和大宅门外的世界……
——不如归去！

2020 年

女神娶到了黎里

渡过黎川河，穿过几条暗弄

神轿和花轿，结伴到黎里

像两朵并蒂莲漂过水面

爆竹锣鼓，华盖绣袍

八抬大轿把人和神都颠晕啦

神轿上盘龙有点龇牙咧嘴

有时龙的九个儿子护卫左右：

囚牛、睚眦、嘲风、蒲牢、

狴犴、狻猊、椒图、赑屃……

最小的螭吻

来自水重丝韧的南浔

要用一枚象牙把它镶牢

十六岁的新娘春笋般鲜嫩

告别平望的驳岸和雀替

泪水涟涟

221

泪珠就是你的露珠么？

请太湖兼葭

为你唱一首哭嫁歌

于是，晃晃悠悠的女神

对晃晃悠悠的新娘说：

"我们换一顶轿子吧！"

于是，新娘去了天上的苏杭

女神浩浩荡荡娶到了黎里

2020 年

吴越站 [1]

桑园，稻田，运河……
大地被流水摆平了

流水送流水，送黄酒、酱蹄
一束生丝，缚住浪子心

逝去的越境者，卧薪尝胆
或怀抱美人不爱天下了

锋利或慈悲，如鲁迅、丰子恺
水乡两颗跌宕的赤子心

奔驰——，从南浔到震泽
从"塞纳左岸"到"罗马假日"

---

[1]吴越站苏州震泽的一个古村。

一个急刹车，在吴头越尾停住
育邦说：吴越站到了！

2020 年

量子时代的爱情

维罗妮卡，美丽的维罗妮卡
我在江南之首的天鹅湖畔爱你

我爱死于一个高音的波兰的你
也爱悲伤落寞的法兰西的你

要知道，你不是一个人在世上活着
也不是一个人独自死去

像法布里的提线连着两个布偶
唯有爱，才能使你化蝶、重生

维罗妮卡，绝世的维罗妮卡
我轻声呼唤，怀着量子时代的爱情

我和你隔着一部电影的距离
距离中有混沌、纠缠和光

2020 年

合肥的滋泥泉子

合肥的滋泥泉子，奇幻沙画

带我回到三十年前的北疆村庄：

毛驴、红辣椒、白杨树、黄泥小屋……

夜如昼，激光显现一个量子时代

天鹅湖畔的我和瀚海远航的我

是量子纠缠，还是量子叠加？

海市与蜃楼，是不是两个故乡？

桐城水碗呼应荷塘月色

黑池坝与陈九章，已是互文

"江南唇齿"，唇齿相依和冲突

造就吴首楚尾、淮右襟喉

东淝河与南淝河的纠缠不休

诞生了云时代的"合肥"

洋务运动与科创之光也对位

李鸿章自称一座破屋的裱糊匠

徘徊于内忧与外患的夹缝间

"不能挽大厦于将倾……"

如今城池日日新，亨堂四周

升起雨后春笋般的萌幻大厦

构成一种蜂巢式的未来主义

夜晚的罍街总是热气腾腾

量子餐桌要有毛豆腐和臭鳜鱼

炸罍子舒展心灵的过度内卷

当饮者进入互为纠缠的激越状态

滴酒不沾者如飘忽的隐逸派

正变成向着星空逃遁的一颗粒子……

（——赠陈先发）

2020 年

巢湖

以水为巢

怀着一尾银鱼的情感

沿湖而居，皆为候鸟

远眺姥山灰砖塔

穿行于忽明忽暗的江南时空

小岛不孤

八百里荡漾开去了

这湖靛的荡漾

也是兼葭、菹草、荇菜

和浩渺全新世的荡漾

（——赠何冰凌）

2020 年

练塘，上海郊外

藏在香樟树上的
鸟鸣，到清晨
密密麻麻落进河道

爬过一座元代石板桥
进入茭白编织馆旁小酒馆
癞蛤蟆就变成了熏拉丝

中年游子，身心已倦
伫立一场春雨中，瞬息
从自由诗变为格律诗

回到练塘：一个小世界
借一亩桑园、几丛芦苇
"此心安处是吾乡"

2018 年

马勒别墅 [1]

如果不是两株上海枇杷的提醒

我会觉得自己大白天里

冒昧闯入了一位欧洲小姑娘的梦

在她童话里落座，在绿荫下

喝过一杯江南明前茶

八十年了，两座尖塔高耸依旧

漂洋过海的主人，和他的

马冢、狗坟，化为梦境的一部分

一个固化的赭红色的梦

在继续捕获世上飘忽的梦

2015 年

---

[1]马勒别墅位于上海亚渔产培路（今陕西南路），是犹太富商、上海马会会长马勒按照小女儿的一个梦而设计的，历时九年，于1936年建成，是一座北欧风情的花园别墅。

浏河雨中而作

雨中刹那，化身江南落汤鸡
替一株香樟或垂柳去颤抖

夜半梦见，"灿鸿"^[1]收敛翅膀
三保太监、数万水军有八方航向

江尾海头，小镇也是一艘颠簸船
大水森森，欢迎落汤鸡继续落汤

天妃宫，通蕃碑，懂得大海心
一些名址，风暴中洗过酣畅澡

一些生灵，一些念想，抛锚又起航
在宿命星球、湿的江南版图上

2015 年

---

[1]2015年7月11日登陆的台风名。

今年秋天在里耶

向晚，去哪儿都像是回家
一闪而过的村庄，一些惆怅名址
有溢满的乡愁——
毛沟、卧党、下略、黄连……

过酉水大桥，落日西沉
风景突然开敞，美不可言
一车人不禁发出欢呼
仿佛经过漫长跋涉
终于从保靖国来到了龙山国

在路上，一再暴露迷失的灵魂
但里耶老街通往所有人的外婆家
今夜投宿土家客栈，酉水河畔
三万枚秦简与我同眠

2015 年

南屏

流水和石板桥的路

参天古樟指引七十二条小巷

一座心愿之乡的迷宫

是时间的固化，还是

空间化为一个过去时？

从弥散又密闭的幽暗中

从一只水缸、一张雕花木床

脱身，山峦和水田这般明媚

插秧女子，重复祖母们的残余动作

田埂上，缓缓走过一头老水牛

后面跟一个不急不慢的男人

白鹭，蝴蝶，扑闪眼前

这一刻，我毫不怀疑自己

正置身千年前的江南

2014 年

南京石头城

石头与砖头组成的鬼脸
在看春风作乐寻欢？

与时节太不相称的表情
倒映于一个浅水池
城的缺口，交与石楠和女贞

墙缝里的污垢，河里的淤泥
如同尚未肃清流毒的脂粉
或者笙歌与流言的残余物

石头破碎了，乌龟也一败涂地
莫非蝴蝶带来了致命的消息？

石头城下，秦淮河上
嬉戏的学子有着歌女般的心事
金陵樱花：一个盛开的幻影？

2011 年

石臼湖畔

枯水期露出戈壁般的湖底

波涛信赖它们的记忆：

河蚌的紧闭、螃蟹的沉睡

熟土枯萎了竹子

却使油菜花亢奋起来

蛇山杂草丛生，好像你的祖坟

你有一座红砖城堡

躲避时光的敲诈勒索

你有一个土陶烟缸

承接突然的雨水

江水也要回来

找到这个石臼般的湖泊

乡音中总有一个声音在回响：

"鹅毛扇，鸭脚包，要哇？"

好日子懒洋洋躺在湖畔

晒暖了肚皮和爪子

在乌鸦和喜鹊的争论中

积蓄每一天的忍耐和光芒

（——赠叶辉）

2011 年

秋浦山村

当我离开，小山村再度隐藏起来

隐藏了溪水、菜畦、残墙、黑瓦

码得整整齐齐的劈柴

挂在竹竿上的腊肉

晒在太阳下的各色菜干……

我只带走三片香樟树的根

一股奇香紧随我、纠缠我

像一个甩不掉的诡异山魂

提醒我用嗅觉去回忆、打开：

隐藏的溪水、菜畦、残墙、黑瓦

码得整整齐齐的劈柴

挂在竹竿上的腊肉

晒在太阳下的各色菜干……

山村里的景致、细节和时光

我一次次地体验、回味

严子陵后裔们拥有的

这份深藏不露的宁静

同样也是我不会丢失的遗产

2011 年

九华山见宝月法师

在九华山我无须诗歌

就像去年秋天

你就放下了人间这个"负担"

我仍叫你铁梅

其实你已是宝月

从新疆到皖南

穿过二十年情谊的崇山峻岭

我们双手合十相见

又双手合十道别

细雨和浓雾中

几乎看不清你的脸庞

只听见你对多多、蓝蓝、潘维

泉子、树才、凌越和我说:

"我在山上挺好的,

你们在山下多保重啊!"

2011 年

苏州园林

我简单的缺乏趣味的内心

消化不了那么多的

亭台楼榭、假山瘦石、植物花卉

也许我的鉴赏力尚未建立起

一种精妙而繁复的造型

但我记住

拙政园一小块草地

网师园只有四个台阶的小桥

留园的鱼

还有，沧浪亭的一只蚂蚁

正用全身力气搬运另一只死去的蚂蚁：

它的情侣，它亲爱的尸体

我认为，这在 2004 年 5 月 19 日的苏州

是一个惊心动魄的事件

2004 年

木渎之诗

在木渎，夫差和西施的爱情

成为灵岩山上游人的闲谈

河道里漂着枯枝和油污

天没黑，摊贩们就摆出黄碟

我在街上捡到一首诗：

"两块两块，统统两块，

原来卖五块、八块、十块的东西，

现在都卖两块，

走过路过，千万不要错过……"

石家饭店，八仙桌和长条凳

偌大餐厅仅我一位食客

蓝印花布衫的女服务员无所事事

相互打打闹闹

我自斟自饮干掉一瓶善酿

随手抄下一份菜谱

算是我在木渎捡到的第二首诗：

"鲃肺汤 25 元，三虾豆腐 18 元，

松鼠鳜鱼 98 元，清熘虾仁 58 元，

活炝河虾 45 元，鸡油菜心 12 元，

石家酱方 25 元，油泼童鸡 35 元，

母油船鸭 60 元，白汤鲫鱼 30 元。"

2004 年

同里

只有当游人散去
三桥交还给三桥
退思园交还给退思园
明清街交还给明清街
同里才交还给同里

只有当游人散去
小方桌搬到丁字河边
一家三口围坐在一起
开始分享简朴的晚餐：
炒田螺、油焖茭白、丝瓜蛋汤

在黄昏
同里才显露真实的同里
我的游荡孤零零的
并且，那么多余

2004 年

周庄

在贞丰客栈的百年老屋内
我觉得自己是一位古人
旧楼阁，黑木梁
方格漏窗和老式家具
带我回到过去时光
如果蜘蛛网织得更低些
可能会逮住我
一点点将我吃掉

请不知名的主人原谅吧
今夜我冒昧侵占了你的红木床
我要梦见你，记住你
"贞诚厚道人
丰衣足食家"的遗训

天刚亮，游人喧哗从窗下流过
南腔北调浮上来，像风铃

挂在对面低矮的屋檐下

他们将雅集的迷楼

踩得吱吱嘎嘎，摇摇晃晃

直到如欢快的泥鳅

拥挤在沈厅前

沈万三，这位江南首富的发家史

仍是现代人心中的神话

他们渴望效仿，从生活的淤泥中

挖出聚宝盆，因此他的名声

通过油亮甜腻的万三蹄

在继续传播

离开集市般的周庄

来到镇外的银子浜和万三水冢

烈日下，两位疲倦的船夫在打盹

传说水下埋了十万两银子

那么银子，也一定在打盹

2004 年

东湖

黄昏，东湖，一个水的故园

波光里满是游子们的乡愁

水是磁性声场，蕲春冈峦

水是辽东大海，蒙古旷野

水是熊口荷塘，母亲的张望

而我，有点犯迷糊：

为何西湖在东，东湖在西？

不见苏小小，但见楚妹子

鱼一般轻灵、扑腾

不见许仙，但见垂钓者

气定神闲，等待白蛇上钩？

这一片水域，不是上演

人妖恋、人鬼恋的剧场

这一片水域，是水的初衷

水的草图，水的青梅竹马——

肥鱼和江鼠坐下来

隔一张水的桌子，谈一谈长江

东
湖

编钟和玉磬坐下来

隔一片苍茫，谈一谈曾侯乙

诗友们坐下来

隔一瓶白云边，谈一谈无常

明天，我就要返回西域

孤悬塞外，还可能终老天山

江汉兄弟，平原之子

从水的沉潜中浮上来

看见了倦于漂泊的

珞珈山、南望山和磨山

（——赠余笑忠、默白、沉河）

2016 年